夕暮の緑の光

野呂邦暢随筆選

岡崎武志 編

みすず書房

夕暮の緑の光　野呂邦暢随筆選　■　目次

＊

＊＊

*

東京から来た少女

私が十代の少年であった当時は本がすくなかった。西九州の田舎町に書店はたった二軒しかなくて、その棚もがらあきであることが多かった。太平洋戦争が終ってから、まだいくらもたっていなかったから、事情は都会でもあまり変わらなかったと思う。

それに、ちっぽけなこづかいでは、たまに入荷する新刊を買うことはできなかった。だから、本を持っている友だちから借りることになる。新学期になってクラス編成がかわると、本を持っていそうな子を物色して、三拝九拝して借りた。人口六万そこそこの田舎町で、本らしい本を持っているのは、医師か教師の子どもにかぎられていた。

借り料として私は持ち主の宿題をとかなければならなかった。そうすると、自分の宿題までは手がまわりかねる。私は宿題をしてこない怠け者の見本として、よく教室や廊下に立たされた。さらし者になることなぞ私にしてみれば痛くもかゆくもなかった。「家なき児」や「青い鳥」や「宝島」を読むことができるなら、どんな屈辱にもたえるつもりであった。「フランダースの犬」「小公子」「ほえる密林」「母をたずねて三千里」「ロビンソン漂流記」「ガリバー旅行記」などを、そのころ読んだ。

少数の友人から本を借りつくしてしまうと、後の工面にこまった。本を持っているのは一クラスに四、五人しかいなかったのだ。しかしあとひとりのこっていた。東京から戦争をさけてひっこして来た少女である。いつも教室のすみっこでカバーをかけたぶあつい本を読んでいた。きれいな無口の子であった。カバーの色は良く変わったから、少女はたくさん本を持っているように思われた。

きょうこそは、と思いながら私はとうとうその少女から本を借りることができなかった。やがて少女は東京へ帰って行った。

装　幀

小説家になって良かったと思えるかずすくないことの一つに、読みたい本が読めるということがある。

絶版になっていて、古本屋にも見あたらない類の書物でもそうである。

吉田秀和氏の評論集「主題と変奏」は初版が出たのは確か昭和二十年代の末だったと思う。これを手に入れたくて、私はまめに古書店を漁ったものだ。版元に問いあわせてもみた。品切れで当分、再刊の予定はないという。十年以上も昔の話である。今は全集におさめられていて、たやすく求めて読むことができる。

手に入らないとなればますます読みたくなるのが人情というものだ。そのころ、ようやく私の原稿が活字になり、出版社に知人ができた。たまたまその人が吉田秀和氏の愛読者でもあったので、さっそく「主題と変奏」の件を持ちだすと、一冊だけ会社の図書室にあるという。貸出してもいいと知人はいってくれたのだが、一冊しかない書物を万一、私がなくしでもしたら大変である。コピイをとってもらうことにした。かくして、ながらく憧れていた待望の書に私は目を通すことができた。期待にたがわぬ名著であることを確認したのはいうまでもない。

　しかしながら、コピイはあくまでコピイである。複写用の紙に写された文章を読むことと、一冊の本をひもとくことには、おのずから違いがある。コピイ用紙の油臭い匂い、てらてらとした艶、活字の濃淡などにはいささかたじろぐ思いだ。欲をいえばきりがないけれども、私は「主題と変奏」を一冊の単行本で読みたかった。

　書物はたんなる活字のいれものではない。紙質、見返しの色、背文字のかたち、紙の匂いと手ざわり、重さ、それらが一つになって書物らしい書物となる。コピイはいわばぬけがらのようなもので、文章は同じでも何か肝腎の要素がないのである。書物を書物たらしめるある種の匂いのようなものが。私はいわゆる愛書家ではない。しかし、いい本というものは、著者と編集者の愛情によって生れると信じている。結果として装幀も内容にふさわしいかたちをとることになる。コピイではそれがうかがえないのである。いい装幀が必ずしも名著とはいえないが、いい書物の装幀はおおむね好ましい。私は今もって「主題と変奏」の初版を探している。

「漁船の絵」

昭和三十七年か八年かの秋、正確な号数は忘れたけれど、「群像」が外国の短篇小説を特集したことがあった。「漁船の絵」のほかにどのような作品があったか今は思い出せない。この一作で私は英国にアラン・シリトーというすぐれた作家のいることを知った。

最初の印象が強烈だったせいなのだろう、その後つぎつぎと紹介されたシリトーの作品で、「漁船の絵」をしのぐ感動を与えたものはないような気がする。

「土曜の夜と日曜の朝」は好きだ。「長距離走者の孤独」も私は三回以上、読んでいる。そのつど、なかなかいいと思う。しかし、アラン・シリトーという作家の小説でこの一作、といわれたら私はためらうことなく「漁船の絵」をあげる。

「群像」を書店で買い、いつものように喫茶店に這入ってまず面白そうな小説から読みだした。シリトーの名前はそのときまで聞いたことはなかったのだが、まっさきにとりついたのは表題に惹かれたからだと思う。なんとなく気をそそられる表題をつけられた小説は中身も読者を満足させることを私は経験で学んでいた。

いったいにアラン・シリトーは題のつけかたがうまい。シリトーが何者であるかまったく予備知識のない東洋の若者が他の作品をおいて、いの一番に読む気になったからである。「土曜の夜と日曜の朝」にはいかにもロマネスクな匂いがあるし、「長距離走者の孤独」というのもいわくありげで一応、手にとってみたくなる。そうなればしめたものだ。あなたは読み出したらやめられなくなる。

平易な語り口というのは難解な文章の反対のことではない。話し言葉を多く使うことでもない。平明な語りが散文として体をなすには、作者の胸の裡に何か熱いものが蔵されているのでなければ意味がない。

「何か熱いもの」とは人生に対する愛情といいかえてもいい。シニカルでないことである。「漁船の絵」を読んで私はじっとしていることができなくなった。喫茶店をとび出して縦横無尽に町を歩きまわったことを覚えている。いい音楽を聴いたあと、心が昂揚するのに似ていた。やがて商店街にともった明りがとてつもなくきれいに見えたことを今も忘れない。

「それまで、ぼくは《おとな》の本をほとんど何も読んでいなかった。ところが、むりやり実生活から遠ざけられているあいだに、心の痛手をやわらげるべく、ぼくは何百冊となく本を読みあさった。……」（河野一郎訳「土曜の夜と日曜の朝」序文より）

十数年ぶりに「漁船の絵」を再読してみた。かつては見えなかった欠点が目につくかといえばそうではなくてやはり初めて読んだときと同じように感動する。自分がすれっからしの小説家にまだなっていないことに気づいて正直ほっとする。右に引用した序文は最近読んだものだ。「心の痛手をやわらげるべく」とある。〝怒れる若者〟の代表と目される人物がいう言葉としては似つかわしくないようでもあるが、「心の痛手」を持たない小説家がいくら怒ってみたところでタカが知れているのだ。私は自分の第一作を「漁船の絵」からとって、「壁の絵」と題した。

H書店のこと

そのころ、私の町には本屋が二軒しかなかった。三十年あまり昔のことである。H書店とB書店という。

H書店は新刊の書物と雑誌を置き、B書店の方は店の半ばを文房具売り場にあてていた。いずれも町の中央通りに店をかまえ、おたがいに百メートルと離れていなかったと思う。

中学生の私は叔父につれられて夕食後、町に出るのがきまりだった。電電公社に勤めていた叔父の齢は二十四、五であったろう。洋品店や楽器店をのぞき、H書店の次にB書店を訪れるのが散歩の順序である。叔父はH書店の主人とは顔なじみで、立ち寄った折りは必ずあれこれと本の話をした。

私は二人が世間話やら新刊書の噂をしている間、本棚の書物を立ち読みした。「少年クラブ」や「冒険王」ならともかく、単行本を買えるほどの小づかいはいつも持ち合せていなかった。手当り次第に本を棚から引き抜いて新しいインクと紙の匂いを嗅ぎ、すべすべとした手ざわりを愉しんでいたにすぎない。私は二人の会話を少しも長いとは感じなかった。

B書店の方は書物よりも文房具の方に力を入れているらしかった。雑誌は立ち読みを防ぐためにガラスの陳列ケースの中に並べてあった。万年筆などを陳列するあれである。そこでは叔父が店のあるじと本の話をすることはなかった。ざっと本棚に目を走らせるだけだ。店の大きさは二軒ともほぼ同じであったようだ。叔父はH書店を通じて新刊書を注文し、月ぎめの雑誌を購読していた。

私は一人で町へ出るとき、H書店にはあまり寄らなかった。店の奥に座っている主人の顔が、なんとなくうとましかったからである。浅黒い肌をした顔に一重瞼の細い目が光っている。その目で客の一挙一動をじっと見まもっている感じがする。毛深い体質なのだろう、髭を剃ったあとが濃い。蛍光灯の下で主人の顔は蒼黒く見えた。

ある日、私は叔父に呼ばれて、もうそろそろ普通の本を読むようにさとされた。中学に入ってからもあい変らず南洋一郎や高垣眸の冒険小説にうつつを抜かしている甥のことを心配したらしい。叔父はいった。

「たとえば岩波文庫のようなもの、あれならいい本が揃っているから」

いま思えば、〝岩波文庫のようなもの〟、とはずいぶん大まかな選択基準であったという他はない。学力はありながら父親の無理解と戦争のせいで上の学校へ進めなかった叔父は、自力で「資本論」を読むほどの素養をつけていた。大正末年の生まれである。クラシック音楽の愛好家でもあった。叔父の部屋にはいつも本の匂いがした。

で、私は町の本屋へ出かけ、岩波文庫を探した。そのときは幸いいくばくかの小づかいがポケットにあった。ところがB書店には岩波文庫がないのである。H書店にもなかった。仕様ことなしに私は、角川文庫を並べてある棚の前にたたずんで、面白そうな本を探した。なんだか自分がにわかに大人になったような気がした。今でもそのときの情景を覚えている。文庫の棚は店の入り口、向って右側にあった。文庫にかけられた薄いセロファン紙がどれも黄ばんで、そこにおそい午後の光が射しこんでいた。私は国木田独歩の「牛肉と馬鈴薯」を求めた。独歩の名前は国語の教科書で知っていた。これが私の初めて買った本である。

馬の絵

その青年は二十歳をまだいくらも出ていないように見えた。

白いセーターに濃紺のズボンという服装まで覚えている。博多駅前の書店で見かけた光景である。私は驚きのあまり息がとまりそうになった。私が高校一年であった年の冬、博多で二科展が催された。美術部に属していた私は、男子部員の一行と連れ立って、諫早から各駅停車の夜行列車に乗って翌早朝博多駅に着き、二科展を見物して晩まで博多のあちこちをうろついた。夜の汽車で博多を発って久留米市へ行く予定だった。友人のNの誘いでその地に住む彼の叔母宅を訪れようというのである。汽車が出るのを待つ間、駅前の書店ですごした。

私は有り金を旅費でつかい果していた。本を買うゆとりはなかったから、田舎町の書店とは格段に違う都会の書店の目も綾な棚の眺めにうっとりと見とれるだけであった。

博多駅前は今すっかり変っている。その書店も見ることは出来ない。二十数年前のことである。美術書の棚を前にしていたNがどこかに姿を消した。心細くなって店内を見まわしていた私の目にその青年がとまったのである。見るからに裕福そうないい家庭の息子といった感じだった。

彼は棚から本を抜いて、ぱらぱらとページをめくっては戻していたが、やがて三冊の本を選んで勘定場へ歩み寄った。一度に二冊どころか三冊も買うとは。私はといえば月に一回、さんざん迷った末、文庫本のそれもごく安いのを買うのが精一杯であった。一度に二冊も買うことなぞ思いもしなかった。もちろん金があれば二冊でも十冊でも買えることは承知していたが、本というものは一冊ずつ買って、それを読んだ上で次の一冊を求めるものだと思いこんでいたようである。

彼が買った三冊のうち一冊の書名は覚えている。新潮社の一時間双書（文庫といったかもしれない）で、ジェームズ・サーバーの「ＳＥＸは必要か」であった。表紙は淡い青緑色に、one hourという文字を白く抜いた、当時としては洒落たデザインであったと思う。その後、私はＪ・サーバーが好きになり著書を集めているけれども、この本だけは古本屋でも見あたらない。

私が一人で遠出をしたのはその日が初めてだ。友人たちに同行したとはいえ、初めての旅は格別な印象を残した。夜行列車の中で一泊、久留米市のＮの叔母宅で更に一泊したわけである。なかなか寝つかれなかった。二科展の会場で見た伊藤研之という画家の絵が、明りを消した部屋で目にちらついた。

海辺の砂丘に一頭の白い馬がひっそりとたたずんでいる。背景に石造りの家が見える。ただそれだけの構図である。萌黄色の空の下に暗い輝きを放つ藍色の海が拡がっている。やや黄がかった砂丘、石造りの家の屋根は煉瓦色で、壁は灰色に近い。画面には永遠の薄明に似た微光が漂っている。いつまでも続く夕方であり、それはこの世のどこにも存在しない光であった。私は書店の棚を埋めつくした夥しい書物を思った。本の中に秘められたもう一つの世界を思った。私は自分が生きている現実の他にもう一つの現実があることを、おぼろげに予感し始めていた。馬の絵がそれを私に教えた。あの青年のように、と闇の中で私は考えた、ゆくゆくは一度に三冊も本を買って読みたいものだ、と。

小林秀雄集

わが町の小さな本屋にも、小林秀雄の「本居宣長」が並んでいる。広告が出た直後に予約した人が五、六人あって、書棚にあるのは新たに取りよせた分だという。私は持ち重りのする書物を手にとって開いた。書出しの数行を読んだ。たちどころに著者独特の文体が私をとらえた。これなのだな、と思う。署名なしでも小林秀雄であることはすぐにわかる。私は気ままにページをくってあちこち拾い読みした。文章の迫力は著者が齢をとっているにもかかわらず全く衰えていない。見上げたものだ。十代の半ばすぎに私を魅了したのはまさしくこの文体なのである。「どうですか、払いは後でいいですから」などと書店のあるじはいう。私が買うと決めこんでいる口ぶりだ。「考へるヒント」の文庫版ではない方を以前に注文したのを憶えているのだろう。私はしかし買わなかった。「本居宣長」を読む時間があったら「おふえりあ遺文」を読み返そうと思ったからである。「Xへの手紙」でもいい。私は本屋からの帰りに自分がいつごろから小林秀雄を読むようになったかを考えた。

またH書店の話になる。

高校の二年であったか三年であったか忘れたけれども、その頃、新潮社から小林秀雄の全集が刊行された。叔父と町へ散歩に行ったついでにH書店へ立ち寄った私は、たまたま店主の机に全集の広告がのっているのを認め、即座に予約した。当時としてもかなり高価な値段であったと思う。コーヒーが一杯五十円の時代である。千円前後ではなかったかしらん。第一巻の本代だけは懐中にあった。マルクスに凝っていた叔父は「へえ」といっただけで、予約者名簿にサインする高校生に何もいわなかった。H書店を後にした私たちは近くの喫茶店でコーヒーをすすった。

喫茶店の暗い椅子で叔父は小林秀雄のデビュー作「様々なる意匠」が、雑誌「改造」の懸賞論文では二位であって、一位は宮本顕治の「敗北の文学」であったことを語ってくれた。私にしてみれば先刻承知の事実である。叔父は私の熱を少し醒ましてやりたかったのだろう。私は全集というものが毎月刊行されることを忘れていたらしい。第一巻だけはありあわせの小遣で買えたものの、次の巻はやりくりがつかなかった。学生の身では巨額の出費である。叔父が散歩に誘っても私は応じなかった。H書店へ寄るに決まっているからである。寄れば店主がうず高く積み上げられた私の全集を示し、買いとるように催促するだろう。散歩から戻った叔父は、H書店のあるじが「甥ごさんはこのごろどうなさっていますか」といっていたと私に告げた。ある日、私は一人で町へ用足しに出かけた。ノートか何か買うつもりでいたと思う。目あての文房具店へ行くには、H書店の前を通らなければならない。さいわいなことに、雨戸が立ててあった。私がほっとしたのはいうまでもない。数日後、叔父は三冊の全集を抱えて町から帰った。代金は立てかえておいたという。「もうそろそろ本を買う苦労も知っていい頃だ」と叔父はいった。私はアルバイトに新聞配達を始めた。一月分の報酬でやっと一冊の代金が払えた。H書店にはまだ残りの巻があった。学校帰りに友人と話しこんで、H書店の前をうっかり通りかかり、しばらくして後ろから大声で呼びとめられた。全集を手にした主人が追いかけて来て「お元気でしたか。叔父さんから病気だと聞いてましたが」とにこにこしながらいった。その晩、H書店は夜逃げをした。

フイリップ

私は旅行したらその土地の記念に本を買うことにしている。

古本屋があれば古本を買うにこしたことはないが、古本屋というのは人口が十万人以上ある中都市でなければ成り立たないらしい。わが町にもK書房という古本屋があるけれども、貸本と兼業である。人口七万ていどではむりもない。

先日、私は奄美大島と与論島へ行った。大島の名瀬市には新刊書店が二軒あった。その一軒に郷土コーナーというのがあり、私は茂野幽考著「南島今昔物語」という本を求めた。

この習慣は叔父の影響である。彼は電電公社の職員だった。出張旅行のつど、その土地の書店で文庫本を買うといった。昭和二十年代の半ばころ、若いインテリはみな貧しかった。懐にゆとりがあれば文庫本でなくてちゃんとした書物が買えるのである。「月に一万円、本が買えればなあ」というのが叔父の述懐であった。月給が三万円に満たなかった時分のことだ。その言葉は今でもよく憶えている。

鹿児島港から船が出るまで、私は町の古本屋で時間をつぶした。掘出物をしようなどという気は初めからない。地方の古本屋に東京より安くてこれはと思う本があるのは昔話になってしまった、ということを心得ていても私の場合、時間をすごすのは古本屋しかない。

ぼんやりと色褪せた文庫本の棚を眺めていると、一冊の岩波文庫が目にとまった。フイリップの「小さき町にて」である。売り値は百円だった。私はこれを買った。実はこの小文のタイトルはフイリップの著書からとっているのだ。高一の頃、なんとなく本屋で買って読みだしたらやめられなくなった。かたわらロマン・ロランやドストエフスキーも読んでいたのだから、学生の魂というものは吸収力が強いものだと考えざるをえない。同級生が「カラマーゾフの兄弟」をほめそやすと、「うん、あれは傑作だ」といいながら心の中では「フイリップもいい」と思っていた。しかし、小さな町の小さな出来事しか書かないフイリップのことを持ちだすのは、なんとなくはばかられた。

前に述べたNについてまた語らなければならない。彼は私より二歳上であったが、ある事情で私と同じ学年によその学校から転入して来た。絵がうまく加えて詩も書いた。彼は同級のA子が好きだった。Nによれば、A子も彼を愛しているとのことである。かといって高校生の分際でどうなるというわけではなし、Nの悩みは深まる一方だ。

彼は学校の帰りに私の家に寄って本を借りた。夜がふけてから訪ねて来ることもあった。話題はA子に関することがらに限られていたが、ある日を境にNはA子のことを口にしなくなった。私もまたA子を好きだということがわかったからである。私はNの家を訪ねて夜おそくまで詩の話をした。Nは母と仕立屋の二階に間借りしていた。Nは小説も書いていた。私が貸したフイリップの「小さき町にて」を面白かったとほめてくれた。私は嬉しかった。Nの家から私の家まで一キロほどの道のりである。木枯しの吹く川沿いの道を、Nは久留米絣の着物姿で私の家まで肩を並べて送って来た。別れしな彼はふところから一冊の文庫本をとり出した。「小さき町にて」に久留米絣の端切れでこしらえたジャケットを表紙にかけている。本職の職人が作ったように見事な出来ばえだった。三年後、この文庫本は洪水で家もろとも流されてしまった。有明海のどこかに今も絣のジャケットをかけられた「小さき町にて」は沈んでいるはずである。

花曜日

高校には文学部というクラブがあった。

部室がどこにあったのか、どういう連中がいたのか、今もって思い出せない。加入するように誘われたことはあったのだが、私はにべもなくはねつけた。文学部のメンバーを二人だけ知っていたからである。美術部にその女生徒はよく遊びに来た。私より二級上で、手には必ず「新潮」か「文學界」の最新号を持っていた。「三島由紀夫のこんどの作品にはあまり感心しなかったわ」とか、「神西清の透明な文体は学ぶところ大だわね」というのだった。ニキビだらけの顔はそれを治療するクリームを塗りたくっているので、いつも気味が悪くなるほどつやつやと光っていた。

部室では、しばらくの間、その「学ぶところ大」が流行った。「おれは安井曾太郎のデッサンに学ぶところ大だったな」といっただけで私たちは腹を抱えたものだ。その女生徒は文芸雑誌が発売される度に、目の色を変えてこれはと思う作家の新作を貪り読むという話だった。女生徒はヴィーナスをデッサンしている私たちの傍で、サルトルの実存主義がどうの、グレコのシャンソンがどうのとまくしたてた。「そういう話をしたければ、文学部ですればいいじゃないか」とR

がいった。女生徒はがくりと肩を落して、「あそこには話になる相手がいないのよ」とため息まじりに答えた。私たちこそいい迷惑であった。文学が教室やクラブ活動で学べるとは私には思えなかった。まして文芸雑誌の最新号の中に文学があるとも思えなかった。私の目には女生徒はやや文学にかぶれすぎていると映った。もう一人の文学部員はKというこれも二級上の男生徒で、色が白く背も高く整った容貌を持っていた。Kはジョイスにうちこんでいてせっせと「意識の流れ」ばりの小説を書いていた。Kはまた自分がいい男であることをかたときも意識しないではいられないタイプで、全校の女生徒に注目されていると信じていたふしがある。

何の用事があったのか、Kはいつも美術部に立ち寄って私たちが絵を描くのを見物した。「あいつ、われわれがヌードのデッサンをやるのを心待ちにしているのではないかな」とRがいった。デッサンの休み時間、どうかしたはずみにある女生徒の名前が私たちの口にのぼると、Kは真顔で「あの子おれに気があるんだよ、困った」というのだった。それ以来、私たちはそ知らぬ顔をして次々と女生徒の噂をした。Kによれば女生徒たちはみな彼に参っているということになってしまった。うぬぼれの強さにかけては自他ともに許している美術部員一同も、Kには一目おかざるを得なかった。私はKや三島由紀夫のファンである三年生の女生徒のような面々がたむろしている文学部室には近寄る気にはなれなかった。しかし、私たちの仲間であるNは、美術部と文学部をかけ持ちしていた。ながらく休刊していた雑誌に「花曜日」という新しいタイトルを考案して復刊させたのもNである。Nが造船技師を養成する学校から普通高に入り直し、私と同級でも二歳上であることは前に書いた。「花曜日」の第一号に、Nは詩と小説を書いてのせた。詩は忘れてしまったけれども、小説は母と子の確執を抑制した筆致で綴った、なかなかにいい出来で、Kのジョイスを真似た作品より数等良かった。

Nは「花曜日」のためにポスターを描いた。

全紙大のケント紙を赤いポスターカラーで塗りつぶし、その上に黒の絵具を使ってロダンの「接吻」を一気に描いた。Nは次に白絵具をたっぷりと筆に含ませ、ロダンの下にすらすらと書いた。「あやにしき何をか惜しむ、惜しめただ若き日を」

日　記

その一

日記をつけている。

小学生の頃から身についた習慣である。もうかれこれ三十年になろうとしている。誰かにすすめられたというわけでもなくごく自然に書き始め、気がついたら三十年ちかく経っていた。日記をつけているか、ときかれたことは何回もある。そのつど否定してきた。隠さなくてもいいのに嘘をついたのは、日記をつけるということが何だか女々しいことのように思われたからである。日記にかぎらず文章を草するという行為には本質的に女性的な要素が含まれていると私は思っている。

それはさておき、私の日記に何が書かれてあるかといえば至ってつまらないことばかりである。その日に受取った手紙、出した手紙、来客、読んだ本、原稿を何枚書いたか、飼いネコの不妊手術に要したおかね、仕事の依頼すなわち枚数と締切り、などこれ以上散文的なことはないと思われる事だけで占められている。その日の天候もぬかりなく記録してある。妙なことに習慣になってしまうと、晴であったか曇であったか、雨も大雨か小雨か詳しく書かないと気になって仕方がないのだから妙だ。天気のことなんか日記に必ずつけるのは日本人だけではないだろうか。

×月×日、曇のち晴　火曜日

終日、仕事をせず、早目に寝る。

という記述だけでも、日記の作者が読み返せばたちどころにその日、何をしたかを思い出すことが出来る。葉の落ちたカキの梢の上にひろがっていた灰色の空が見えてくる。仕事をするつもりで机の上に置いた原稿用紙がいつまでも白いのを、うっとうしいようなやるせないような感じで見まもっていた自分の姿が浮びあがる。

万年筆が手に重かった。……重たき琵琶の、とうたった詩人のことを確かに私は考えていたのだ。この句があれば他に春をうたった詩がいくつあろうとも自分は要らない、といった人のことも考えた。蕪村はなんとおそるべき詩人であったことだろう。

とはいうもののこれだけではいかにも内容のまずしい日記である。来し方行く末を思い、文学的抱負を語り、天下国家を憂え、季節の移り変りを描写し、知友の人となりを論じ、という具合であれば他人にとっても読みがいがあるだろうけれども、もしそういう日記を書き始めたら、肝腎の小説はどうなるだろう。小説がつまらなくなるどころか、一枚も書けなくなるのではないかという不安がある。ルナールはすぐれた作家ではあったが、彼の最良のものは日記にしかないと私は見ている。ルナールは日記という表現形式を愛するあまり、自分のすべてをその中につぎこんだ。本人もそう日記において告白している。折りあるごとに私はルナールの日記を取り出して読む。ちっとも感傷的でない所がいい。

その二

また日記のことを書く。

日記をつけていると今まで他人に白状したことはない。どこかにはずかしいという思いがつきまとっている。そう思うのは私だけではないような気がする。

日記をつけている、と私に告白した人はついぞ一人だって居たためしはない。あんなもの書くもんか、とさもつまらなさそうに否定する人ばかりである。しかし、そのうちの何人かはこっそりと暮夜ひそかに日記をしたためているはず、と私はにらんでいる。証拠があるわけではないが、否定する口振りの強さから推定しているのである。隠してもちゃんとわかっているんだよ君。

高校を卒業した年の春に、私は小学生以来、書きためた日記を燃やした。

裏庭に積み上げて火をつけた。紙というものは燃えにくいものだとそのとき気がついた。全部を灰にするまでに一日かかったと覚えている。保存しておいていま読み返せば、いろいろと面白いことが書いてあったろうにといささか後悔しないでもない。なぜ焼却したかといえば、一言でいうなら日記をつける自分の女々しさが厭だったからだ。日記なぞつけないで剛毅に生きたいと私は願った。新しい生活という言葉に惹かれた。汗をたらしながら燃えるノートのそばにうずくまって私はせっせと棒で黒い灰を突きくずしていた。十八歳の少年にはこの世で不可能なことは何もないように思われた。顔が火照っていたのはあながち焔のせいばかりとはかぎらない。

その年に上京して働くようになると多忙なあまり日記をつける時間がなくなった。書こうとも思わなかった。食べて寝るという生活が続いた。月二回の休日は盛り場をほっつき歩くか、かねがないときは死んだように眠っていた。

気がついてみると私は日記を書いていた。

正確には日記といいにくい。一週間に一回か、十日に一回という割であったから、メモに毛がはえたようなものである。喫茶店の椅子で書き、宿直の晩に事務室の机で書いた。一年分が大学ノートに一冊もない。たいてい二、三行で終る記述でもそれを書けば心の飢えが満たされたから文章というものは不思議な力を持っているものだ。

どんなに簡単な記録でも、またどんなに昔のことでも日記をたどればその日、自分が何をしたかは大体の所は思い出せる。高校を卒業して今年で二十年になる。早いものだ。その間、人並にいろいろとあったわけだが、日記に書いてあることを読むと、あまり変り映えがしない。すこしも二十年前の自分と変っていないのである。若いころに考えたことを今も考えている。その頃におかしたあやまちを今も繰り返している。私に関する限り人間に進歩ということはありえない。もともと進歩するつもりで書く日記ではなかったのだからこれは当り前である。

その三

またまた日記のことを書く。

自分で日記をつけていると他人のそれにも興味を持たざるを得ない。

私が愛読するのは荷風の「断腸亭日乗」である。日記文学の傑作ではないかと考えている。「濹東綺譚」や「腕くらべ」よりも私の好みは日乗をとる。

私が持っているのは昭和二十六年、中央公論社から刊行された全集の一部である。日乗が全集の四巻を占めており、これを私は東京の古本屋で六百円で買った。一冊百五十円ということになる。八年前でもこれは破格の安さといわなければならない。古本が新刊よりも安く買えた時代がかつてはあった。

何もする気が起こらない日に「断腸亭日乗」を書架から抜き出して、ゆきあたりばったりに開いてみる。今、目の前に開いているのは大正十二年十二月のくだりである。

十二月六日。橐駝来り庭を掃ひ落葉を焚く。薄暮雨。

これきりが一日分である。橐駝《たくだ》とは植木屋の異名という。これは私がわざわざ字引で調べたのではない。古本屋に売り払った前の持ち主が鉛筆で書きこんでいるのだ。古本はこれだから面白い。柳宗元の詩にあり、という文句まで書き添えてある。

一行きりの日記というのは荷風のそれでめずらしくない。天気を記しただけで終る日もある。日付だけで何も書かれていない日もある。十数行を費してこと細かに描写された一日よりも私はかえって一行きりか天気だけしか書かれない日のことに想像を刺激される。たとえば同じく大正十二年のことで、

十一月十三日。風烈し。
十一月十四日。晴。
十一月十五日。晴。

というくだりに何かしら激越なものを感じる。ものごとは書くことのなかよりも書かないことのなかに現われる場合がある。

しかし、日付さえもないことがある。

大正十四年九月四日のことに荷風は三行を費している。五日がとんで、次は六日の記述である。「雨霽れ残暑甚し」とある。一日も欠かさずまめにつけているようでいてあちこちにこんな脱落がある。なんとなく気になる箇所である。空白というのはどんなものでも人間をおびやかす力があるようだ。

古いノートをひもといて自分の日記を読み返すことがある。一日どころか数週間分がまとめて抜けているのを見ると、まるでその日々が存在しなかったような気がする。天気かせめて日付でもあったらと思うのだが、ただすっぽり欠落していると思い出すよすがないのだ。

菜の花忌

葉書の差出人は知らない人であった。住所は京都である。つね日ごろ伊東静雄の詩を愛するあまり、この春思い立って詩人の生まれ故郷である諫早をたずねたところ、詩碑のかたわらに花をさした数本のビール壜があったことを記して、故人に花を献ずるならばせめて空壜でなくもっとましな容器がなかったものか、という文面であった。明らかにビール壜を心ない仕打ちとして嘆いているのである。私にあてられたのはその頃ある雑誌に伊東静雄の詩について若干の感想を発表していたからであった。二年前の春だから第九回の菜の花忌がすんだ時分のことである。察するところ、葉書の差出人は文章や字体から学生のようであった。若い人たちの間で伊東静雄の詩を読む人は年々ふえてゆくように見える。

このビール壜には実はいわれがあって、詩碑建立の発起人であり、多年、菜の花忌を主催して来た諫早の上村肇さんの発案で、辺幅を飾らなかった詩人の人柄を記念してわざと花をさすのにビール壜を用いることにしているのである。第一回の菜の花忌にはただ一本のビール壜がそなえられた。年を経るごとに一本ずつふやされている。今年は十一本の壜にこぼれんばかりの菜の花が活けられた。生前ビール好きであったという詩人もこのささやかな思いつきには天上において微笑んでいることだろう。花びらの黄と壜の茶の取りあわせは目に鮮かである。

菜の花は三月の花である。詩碑に刻まれた句にある「野花」が何をさしているかよく論じられているが、素朴で土臭い菜の花を伊東静雄の詩碑の前に飾るとき、花も詩の気品につつまれて不思議に匂やかな、みやびな花に化身するもののように感じられる。詩碑にもっとも似つかわしいのは菜の花をおいて他には考えられなくなった。

上村肇さんは諫早にあって「河」という同人誌を編集するかたわら詩を書きつづけている人である。平明な日本語に深い情趣をたたえた作品は先頃、翻訳されて英国の教科書にも採用されたときいている。伊東静雄の詩碑はその生誕の地で、すぐれた詩人によってまもられているのである。

去る三月二十三日、第十一回の菜の花忌が催された日は朝のうちは空が暗く雲行きが危ぶまれたが昼すぎには晴れた。上村さんによると例年この日に限って雨になったことはないそうである。三月下旬といえば天気が変わりやすいのだけれども。詩碑のある諫早公園で献花をし、詩の朗読があり、諫早中学の女子生徒団による合唱があった。歌は碑に刻まれた詩句を作曲したものである。

手にふるる野花はそれを摘み
花とみづからをささへつつ歩みを運べ

今年は東京から珍しい客があった。

庄野潤三さんは伊東静雄が往年、大阪の住吉中学で教鞭をとっていた頃からの生徒である。菜の花忌の参集者は公園から市民センターに場所を移してそこで講演をきいた。庄野さんは諫早をおとずれるのは初めてだそうである。念願の墓参りが出来てうれしい、といわれた。

昭和四十三年に庄野さんが発表した長篇「前途」は、大学生であった庄野さんと伊東静雄とのかかわりあいを昭和十七年と十八年の日記をもとに綴ったものである。「前途」という題名の由来は、やがて海軍予備学生として戦場へ赴くことになる庄野さんのために師が吟じた和漢朗詠集の一節からとったものである。

前途程遠し思ひを雁山のゆふべの雲に馳せ、
後会期遙かなり纓を鴻臚のあかつきの涙にうるほす

庄野さんが語った伊東静雄の思い出はあらかた「前途」や二、三の随筆ですでに読んでいてことさらに耳新しい事実はなかったが、その作者を壇上に迎えて親しくさまざまな逸話をきくとまた尽きせぬ味わいがあった。心のこもったいい話であり、私は感動を新たにした。ある事を活字で読むのと、まのあたり耳できくこととはまた別ということである。心の交流は肉声があって深くなる。「前途」の作者の言葉をきいて私はその向う側に亡き詩人の肉声がこだまするのをきく思いがした。

人間の一生で何が稀といっても師友にめぐまれるということほど稀なことはない。「前途」はすぐれた師にめぐりあった青年の幸福を描いた美しい書物である。詩人の作物に惹かれてその人となりを知りたいと思うのは自然な情である。そういう人が「前途」をひもとけば、無垢な魂という鏡に映った詩人の肖像を見てとることができるだろう。教育とは師弟が親しく肌を接し、内なるところのものからおのずから発するごとき肉声でもって相わたることであろう。体がパンを求めるように成長する魂は言葉の本当の意味で「先生」を求めるものである。

ところが、師という言葉も弟子という言葉も、現代では死語になりつつあるのではないか、というのが私の懸念である。中学や高校で教えている私の友人は、この懸念に対し、今じぶん無理な話だという。受験勉強がすべてに優先する当今で、師弟のまじわりなどというのは時代錯誤だというのである。まじめな教師ほど反撥の度が強い。この人たちの熱心な仕事ぶりを日常知り抜いているので、そういうものだろうと納得する他はない。今日、先生たちは実に難しい状況で仕事をしているのである。教室の内も外も私が中高生であった昭和二十年代後半と大きく変わってしまった。しかし私には都会であれ田舎であれ少年たちと教師がいるところには必ず「前途」に描かれたような幸福な師弟が何組かは今も存在しているように思われてならない。

伊東静雄の諫早

少女は諫早の東郊に住んでいた。

長崎県でもっとも広い小野平野の一廓に長野という名《みょう》があり、そこで代々諫早藩に仕えた士族の娘である。

先祖は佐賀鍋島藩の家臣で、支藩である諫早藩へ出向し、領地における稲の作柄を検見する検見役頭として、やがて諫早藩士の一人となった。家には伝来の槍があったというから、家格としては決して低い方ではない。

その少女が小一時間の道のりを歩いて諫早の町にさしかかる折り、大通りと直角にまじわる狭い小路から、一人の中学生が出て来るのをしばしば認めている。浅ぐろい顔付の小柄な少年で、冬は黒い制服に白のゲートルを巻き白いズック製の鞄を肩にかけ足早に駅の方へ急ぐのである。

大正八年という当時、まだ市制のしかれない諫早で中学へ進む子弟はごく少なかった。中学校は汽車で二十分かかる隣の大村にある。諫早に中学校ができたのは大正十一年、それも初めは大村中学校の分校としてである。設立がおくれたのはいうまでもなく諫早の貧しさであろう。長崎県の穀倉といわれる小野平野を領していても三百年に及ぶ鍋島藩の搾取によって諫早藩は石高を一万石におさえられ、ほそぼそと生きのびるしかすべのない状態であった。学芸を尊重する気風をかもし出すゆとりはなかった。

大村藩は独立した藩でありしかも石高は二万七千石と諫早のそれの三倍に近い。大藩に隷属するという屈辱はかつてなめたことがなかった。

中学へ進む子弟が限られていたといえば、女学校に入る生徒もそれ以上に少なかったのは当然である。士族とごく一部の富裕な商家の子女のみで、明治三十八年うまれである筆者の父によれば、一学級からせいぜい四、五人であったという。昭和五十二年のいま高校から大学へ進む学生よりも少なかったことになる。

父は裏町にあった小学校で伊東静雄より一級上であった。裏町という町名はついでにいえば現存しない。いまは八坂町とよばれる一廓である。裏町と同じく上門口《かんもんぐち》、大手口、魚ん棚、田町、五反屋敷、などの地名も、明治うまれの諫早人でなければたちどころに「そこは……」と答えられないようになった。

父は這松下の伊東という生徒をかすかに記憶している。しかしそれも「まじめな秀才が一級下にいた」という程度で、格別の印象の鮮かな生徒ではなかったようである。ただ豚博労（ブタバクリュウ）の子と級友にからかわれた事実は父の記憶にある。成績の良さをねたむあまり心ない小学生が伊東家の生業である家畜の仲買業を揶揄したのである。

諫早弁でオ行の長音はウ音に訛る。日傭取りはヒユウトリに、夫婦《みょうと》はミュウトにというふうに。おそらく伊東静雄がブタバクリュウとあなどられなかったならば、頭がいいというだけでは父の記憶に残らなかったはずである。

父は若い頃から本好きで、有島武郎全集を本棚に愛蔵するほどの一応の読書人であったが、私の方から尋ねないかぎり父の口から伊東静雄の名前を聞くことはなかった。父のうまれた大手口の家から伊東家まで、せいぜい四百メートルあまりしかへだたっていない。こと少年時代に関しては伊東静雄は目立たない存在であったといってさしつかえがない。これは彼を知る知友のほとんどが一致して証言していることである。

豚博労の子とののしられて、当人がきわ立った反応を示しはしなかったと父はいうけれども、内心は決して穏かでなかったことは察するに難くない。彼が小学生であった大正の初め頃は、獣にまつわる特殊な偏見がまだ根強い時代であった。その家業が繁昌していたから、しつこくねたまれることになる。静雄の父惣吉はこのとき築いた財をもとでに綿糸商を営んだ。昭和四十六年思潮社刊「伊東静雄研究」の年譜によれば、（当時の生業は木綿問屋を営み、生計は豊かであった）と記されている。

伊東静雄の詩、散文、日記、書簡などすべてを収めた「伊東静雄全集」が人文書院から刊行されたのは昭和三十六年であった。年譜を作成した人が本書にあたっていることは当然考えられる。（生計が豊かであった）というのは本当だが、木綿問屋を営むというのは誤りである。どうでもいいことのように思われるかも知れないが、豚博労の子とさげすまれた少年時代の不快はたやすく伊東静雄のなかで消えはしなかったろうと筆者は考える。

あるいはこうも考えられる。

伊東静雄自身が生家の業を日ごろ綿糸業と告げていたのではないだろうか。そういったからといってあながち嘘ではないのである。家畜の仲買はすでにやめていたのだから。家業を牛馬の仲買と人に告げるより綿糸問屋という方が数等きこえはいい。年譜作成者に責を帰すべきではないのかも知れない。

少女吉田順子は明治三十五年うまれである。伊東静雄より四歳年長ということになる。諫早の人で、少年時代の彼を知るきわめて数少ない証人である。

這松下の狭い路次から急ぎ足に出てくる中学生を見かけたそのとき、少女はすでに諫早女学校を卒業していた。長野から諫早の下町《しもまち》へ華道の稽古にかよう道すがら伊東静雄の登校する姿を印象にとどめるようになったのである。

女学校で、少女は酒井小太郎に国語を習った。一学年一学級で全校生徒がおよそ百八十名あまり、北高来郡の中流家庭がどの程度の厚みを持っていたか、右の数字が明らかにしている。酒井小太郎は東大英文科の出身である。田舎の女学校教師というのはおよそ似つかわしくない。教課が国語であったのは、その頃、女学校において英語は正課ではなかったからであった。

酒井小太郎を懐しむかつての女学生は諫早に多い。筆者の隣人荒川シツ子（明治三十八年うまれ）もその一人である。女学校ではのちに校長排斥運動がおこり、酒井先生は反校長派にくみしていたために佐賀高校へ転勤したと信じられている。もちろんそれは事実の一斑しか示していない。東大を卒業するさいにラフカディオ・ハーン賞をうけるほどの英才が、片田舎の女学校教師に甘んじていたはずはない。

吉田順子は酒井小太郎に目をかけられた女学生の一人である。教え方はきびしいが、あたたかいユーモアがあり、優しい先生であったという。酒井家も諫早藩士の出である。小高根二郎著「詩人伊東静雄」によれば、輪内名《わうちみょう》出身とある。輪内とは諫早を貫流する本明川の流域にあって、川の氾濫にある種の防備をほどこされた一帯と見なしていい。藩士の大部分は輪内に居住した。筆者の家もここにあり、隣り町である笹神町（現、天満町）に酒井家があったことを覚えている。伊東家のあった船越名とは一キロほどへだたっている。低地を占める輪内に対して、船越は諫早の南に隆起する丘陵一帯を指す。這松下はその丘陵のふもとである。

酒井小太郎は諫早女学校に奉職していた頃、伊東静雄を知らなかった。初めて彼を知ったのは佐高で教鞭をとったときという。小高根二郎「詩人伊東静雄」には、昭和二十八年六月「河」に採録された教授の談話が引いてある。

それはその通りであったと思う。

しかし、酒井家の名前を伊東自身が佐高にあがるまで知らなかったということはありえない。なぜなら伊東家の面した同じ小路の百メートルほど北に、酒井小太郎の弟の家があったからである。佐高時代の伊東静雄には、酒井小太郎はたんなる「同郷の先輩」以上の存在であった。教授は、つい今しがたまで諫早で暮した人である。郷里の雰囲気を濃厚に漂わせていたことだろう。諫早の女学校に酒井という偉い先生がいるということは、向学心に燃えた少年の耳に入っていた。ちょうど吉田順子が、這松下に伊東静雄という頭のいい中学生がいることを知っていたように。

教授は封建的な因習で閉ざされた諫早から出て、西洋の教養をわがものとした人であった。感じやすい高校生伊東の目に、教授がどう映ったかを想像するのは刺戟的である。

昭和三年三月二十九日付の伊東静雄が宮本新治へあてた手紙には、次のような一節がある。終りの方を引く。

「……

実に実に諫早はいい天気ですぜ！　いい所ですぜ！　弟と二人で昨日もゴルフ場の方に散歩して、菜種の花の畠の間をとほりながら二人でさかんに田園極楽と讃美した次第です。

明日（二十九日）が弟の発表日。多分合格ではないかと私だけ心ではおもつてゐますが、どうだか。
合格したら長崎に一家でゆく約束だからなほさら都合がいいでせう。長崎も素敵ですぜ！
（私は愛郷家でせう！）
瀬高にて　諫早の家の二階で　静雄拝
宮本さん」

素直に読めば、手ばなしで田舎の風光を讃えているようである。このゴルフ場は現在のゴルフ場ではなく、諫早駅の西北にゆるやかな勾配を帯びて起伏する丘陵群のなかにある。筆者も高校生時代によくこのゴルフ場へ散歩に出かけたものだ。伊東兄弟が歩いた菜の花畠も昭和三十年代の半ばまでは丘々を一面の黄にいろどるのを見たことがある。

それはさておき、諫早はいい所ですぜ！　といい、末尾に（私は愛郷家でせう！）と感嘆符までつけて自慢するのはどうかと思う。帰省するのは二年ぶりである。京都の人工的な自然になれた二十三歳の学生の目には、田舎のひなびた土臭い自然が快くしみたということが考えられる。たまさか帰郷する者にとっては故郷は充分に安らぎの場所でありうる。帰省は休暇であり、休暇に生活はない。帰省した学生はたやすく愛郷家になってしまう。少なくとも一週間ばかりは。

昭和三年といえば、伊東静雄の生家がある這松下かいわいに変化が生じ始めた頃である。料亭、酒場、旅館などが軒並にならび、しだいに一帯は遊廓めいてくる。筆者が昭和二十年に諫早へ引っ越して来たとき、這松下という呼び名はほとんど遊廓を意味していた。這松下は諫早弁ではヒヤアマツンシタと訛る。筆者は七年間、長崎弁を聞きなれてから諫早弁を耳にするようになったのだが、その独特の訛りには子供心にうんざりしたものだ。

長崎弁はどちらかといえば抑揚にとぼしく平板である。アクセントも少ない。住吉中学時代に伊東静雄の生徒であった庄野潤三は、先年諫早で催された菜の花忌に招かれて故人をしのぶ講演をし、そのなかで師の諫早訛りに触れた。筆者の記憶にまちがいがなければ、伊東静雄はあめ玉をしゃぶりながら話しでもするように甘ったるいもののいい方であったという。

しかし、博労をバクリュウといい、這松下をヒャアマツンシタと訛るような卑俗な諫早弁は用いなかったはずである。詩人は言葉のひびきに敏感である。諫早弁の粗野な抑揚をだれよりも嫌ったのは、それをかつて用いた伊東自身であった。それでも訛りはのこる。筆者は生前の伊東静雄を知らない。昭和二十八年三月に彼が死んだとき、筆者は諫早高校の二年生であったが、学校でも家庭でもまったく噂にならなかった。

菜の花忌を主催している諫早の詩人上村肇は、昭和二十八年七月、伊東静雄追悼号「祖国」に「市議江川ミキ氏の令弟としての告別式は、数多くの婦人層や知人によって、盛大にあげられたが詩人伊東静雄氏の死として弔むもの何人ゐたであらう。余りに低劣な故郷の文化層であつた。新聞人にも知る者なく、私は烈しい怒りさへ覚える。……」という一節を含む追悼記を寄稿している。

事情はいまでも当時とたいした違いはないということができる。

学問芸術に対する無関心はいまなお諫早に存在する。人口およそ七万、県では長崎、佐世保につぐ三番めに大きい都市でありながら文学同人誌は上村肇が発行する雑誌「河」のみである。しかし、これとて会員は全国的規模に散在し、地もとの同人はその一部を占めるにすぎないから、げんみつな意味で諫早の同人雑誌とはいい難い。

「諫早は潟の上にできた町だから」とかつて古本屋の主人が筆者に慨嘆した。

「地面をちょいと掘ればすぐ潟土にぶつかる。目に見えないガスのようなものがそこから噴出していて住民の活気をそいでしまう。諫早ってそんな所ですよ」

というのはいささか誇張ぎみの点がないでもないが、主人の憂愁は古本屋の商売がうまくゆかないという所にのみ起因するわけではない。長崎から諫早に赴任したある高校教師は新聞はさみこみのチラシを話題にした。

「たまに家具店の売出しがあるでしょう。私には妙な趣味がありましてね、チラシというチラシはなんとなく隅から隅まで見るんですが、家具の場合、応接セットやら箪笥やらはごまんとあっても、本棚はないんですよ。つまり本棚の需要がないというわけでしょうな。売れる見こみがあれば家具店としても商売だから仕入れるはずなんだから……」

二人は同じことをいっているのである。

伊東静雄は昭和二十四年二月、上村肇にあてて葉書を寄せている。

「私の小さい故郷の町に、上村さんのやうな、詩人がおいでになつて、こんな本格的な雑誌出していらつしやること何だか、私の思ひ出に似つかはしくないやうな心持がいたします。諫早の悪いところもすつかり見通しに見抜かれたことであらうと恥しいやうにも思はれます。諫早を出てから、しかしもう三十年近く、このごろ諫早には私など責任ないのだと自ら慰めてはゐますが。（以下略）」

「こんな本格的な雑誌」とは、上村肇が送った詩誌「岬」をさしている。たしかに伊東静雄の念頭にある故郷の町には「似つかはしくない」しろものであったろう。

伊東静雄を知る人々がこぞって語るのは、彼が折りあるごとに諫早の風光を自慢してやまなかったということである。郷里をはなれて都会の住人となった者にとって、ふるさとはつねに美しい。時間がさらに故郷を美しくする。伊東静雄は昭和七年、父惣吉が死去したときに帰省してからは、次に諫早を訪れるのは昭和十七年である。それが最後の帰郷になる。自慢するに足りる故郷なら三年に一回くらいは帰ってもよさそうなものだが、事実は十年に一回きりであった。

諫早が彼を拒んだのではない。伊東静雄自身が心の深い所で諫早を忌避したのである。田舎の卑俗さも理由のひとつにはちがいないが、卑俗といえば何も諫早だけに限らない。都会からへだたった田舎はどこでも卑俗である。詩作にはもっともふさわしくない環境である。風光だけはこの上なく明媚だが、明媚な自然のなかには粗野な言葉を用いる人間が生きている。彼らはむかし少年静雄を豚博労の子と嘲ったのであった。

加えて父惣吉からうけつぐハメとなった莫大な負債がある。昭和七年現在一万円余の負債というのが、いまの額で正確にどの程度になるか換算しえないけれども、昭和五年に彼が国語科教員免許状が下付され、大阪府立住吉中学校の嘱託から教諭に任ぜられたときの月給は百十五円であったというから、月収の九十倍に及ぶ借金を背負いこんだことになる。無頼と放蕩があたりまえの詩人には苛酷な重荷である。

伊東静雄はこの負債をことごとく返したという。なみたいていのことではなかっただろう。（私は愛郷家でせう！）という二十三歳の伊東静雄の言葉が、全集をひもとく後世の読者には何やらひとつの反語に聞えてくるのもやむをえない。じっさい、自分が借りたのではない借金をきちんと返す詩人というのもいっぷう変っている。たとえば巨額の借金を律儀に返済する中原中也を考えることはできない。

伊東静雄は戦争ちゅうに中学校の職員室で同僚が食物の足りなさをこぼすときに決して話に加わらなかったといわれる。彼としてもロクな食物をとっていなかったのだが、食料事情がどうのこうのという雑談にあえて同調しなかった所に気位の高さを見ないわけにはゆかない。したがって親がした借金について愚痴をこぼさなかったこともあやしむにたりない。

伊東静雄は家庭の事情をぼやくかわりに詩を書いた。昭和十年に刊行された第一詩集「わがひとに与ふる哀歌」に収められた「曠野の歌」は故郷に対する別れの挨拶である。詩集の扉には「古き師と少なき友に献ず」という言葉が見えるけれども、もうひとつ「わが故郷諫早へ」という一行もあってよかった。死なないかぎり田舎へ帰るものか、と詩の作者は決意のほどを表わしているのである。
詩人とはいい気なものだと思わないでもない。
「わが死せむ美しき日のために
連嶺の夢想よ！　汝《な》が白雪を
消さずあれ
……（以下略）」
と作者はいう。自分の死ぬ日が「美しき日」といってのける自信は詩人だけのものであろう。散文家はとてもこうはいかない。その日は土砂降りではないまでも天気晴朗とはいえない雲行きのはずである。詩人には「わが死せむ日」がつねに想定されているのに対して、小説家の脳裡にはただいま生きている現在と生活してきた過去だけで充分という思いがある。詩人が常時むかいあっているのが絶対であれば、散文家はいつも世界の相対化にうきみをやつしている。「死せむ日」なぞ実はどうでもいいのである。

………
われの播《ま》種く花のしるし
近づく日わが屍骸《なきがら》を曳かむ馬を
この道標《しめ》はいざなひ還さむ

あゝかくてわが永久《とは》の帰郷を
高貴なる汝《な》が白き光見送り
木の実照り　泉はわらひ……
わが痛き夢よこの時ぞ遂に
休らはむもの！

「曠野の歌」の後半である。

作者は「わが永久《とは》の帰郷」といっている。筆者が「わがひとに与ふる哀歌」を故郷におくる訣別の辞といったのはこの一節があるからである。

それにしても、いったいに伊東静雄の詩はわかりにくい。とくに文語体の詩はわかりにくい。閉ざされているという印象さえ筆者はうける。伊東静雄の京都大学における卒業論文は「子規の俳論」であった。審査員は最高点を与え、国文科の学生二十九名ちゅう三番という成績を得たことを小高根二郎は明らかにしている。国語にかけては練達であった証左である。伊東静雄はことのほか厳格な語法を重んじたという人が多い。

それにしても、と筆者はふたたび呟かざるをえない。一回や二回、読んだくらいでは、伊東静雄の詩はすんなりと読み手の感性に浸透しそうにない。俗にいえばぴんと来ないのである。筆者はここいらで伊東静雄のすべての詩を理解しているのではないことをことわっておきたい。

詩を解読する能力が筆者には欠けているのだろうか。他人よりもすぐれているとうぬぼれはしないが、一応ひとなみの理解力は持っているつもりである。率直にいって伊東静雄の詩作品は読んですぐにわかるというたちのものではない。

たとえば「氷れる谷間」がある。

おのれ身悶え手を揚げて
遠い海波の威《おど》すこと！
樹上の鳥は撃ちころされ
神秘めく
きりない歌をなほも紡《つむ》ぐ
憂愁に気位高く　氷り易く
一瞬に氷る谷間
脆い夏は響き去り……
にほひを途方にまごつかす
紅《くれなゐ》の花花は
（かくも気儘に！）
わが　小児の趾《あし》に

この歩行は心地よし
逃げ後れつつ逆しまに
氷りし魚のうす青い
きんきんとした刺は
痛し！　寧ろうつくし！

わずか十八行の詩に四つの感嘆符は少ないとはいえない。あえていえばなくもがなである。作者を知る人の証言によると、詩人は自作をよく朗唱していたという。中田有彦「伊東さんの思い出」（富士正晴編「伊東静雄研究」所収）にはその有り様がくわしく描写してある。中田有彦が聞いたのは「中心に燃える」と「夏の終り」の二編で、作者はそれらを「正座して瞑目し、うつむき加減にうたった」そうである。どういうふうにうたったか譜表まで挿入してあるのは有り難い。「一音綴にひとつずつ音符をたどってトロトロと上下する単純な歌だったが、いかにも沈潜した感じで、一度聞いたらもう耳について離れなかった」と中田有彦は語っている。

伊東静雄はいつ頃から自作を朗詠していたのだろうか。「夏の終り」は第三詩集「春のいそぎ」に収められているものである。「中心に燃える」は第四詩集「反響」に見られる。「氷れる谷間」も朗唱しながら手を加えたのだろうか。

萩原朔太郎の詩はそして中原中也の詩も多くは朗唱するのにふさわしい。伊東静雄の詩作品も

「夏の終り」や「中心に燃える」のように、朗詠に適しているのがある。しかしながら近代詩の本質はどこかに声たからかにうたわれることを拒むのではないかというのが筆者の疑問である。彼が言葉ほんらいの意味で桑原武夫のいうように「昭和において真に本質的な仕事をなした最も純粋な詩人である」ならば、伊東静雄の詩のなかにある〝近代〟と作者が好んで自作を朗詠したという事実は両立しないのではないかとまではいうつもりはないけれども、筆者はこの喰いちがいにやや当惑する。

伊東静雄の人と作品を知るのには、先にあげた富士正晴編の「伊東静雄研究」思潮社刊、が恰好の手引きとなる。小高根二郎の著書も逸すことのできないものである。しかし、ほとんどの批評家がとりあげるのは「曠野の歌」「有明海の思ひ出」「行つて　お前のその憂愁の深さのほどに」「水中花」など、どちらかといえばわかりやすい作品の鑑賞的批評に終始し、「氷れる谷間」に触れたのは杉本秀太郎ただひとりである。ほんの数行ではあるが菅野昭正もこれに言及している。

他の人々はおそらく「氷れる谷間」のむずかしさにたじろいで匙を投げたのであろう。どんな難解な詩にも手がかりとなるキー・ワードというものがある。「氷れる谷間」にはそれがみつからないのである。まず作者の位置がわからない。氷れる谷間なのだから山奥かといえば、遠い海波とくる。いきなり樹上の鳥が撃ち殺され、殺されてもなお神秘めくきりない歌を紡ぐ。鳥はなぜ殺されなければならないのか。

憂愁に気位高いのは鳥なのか谷間なのか。にほひとは。幽暗の底の縞目というのは谷間のことか。この谷間はどこにあるのか。

もちろん伊東静雄の詩はこの場合たんなる叙景詩ではない。外界をなぞるたぐいの詩ではないゆえに作者の視点を穿さくするのは野暮の骨頂かも知れない。せめて一行の詩句と次の一行のそれへの繋辞のようなものが発見できればいいのだが作者はきわめて不愛想である。

鳥が射殺される。谷間が一瞬に氷る。（凍るという表記をなぜしなかったのか）魚が氷る。硬直したもののイメージからただちに表象されるのは死であろう。ガラス球のように冷たく無機的で、手がかりというものをまるっきり拒否したこの詩から筆者がやっとのことですくい上げた意味はこの程度である。したがってこの詩の前で途方にくれる読者がいるとしても筆者はいっこうにおどろかない。

杉本秀太郎は「氷れる谷間」に精密な批評をしている。世には具眼の士もいるものである。筆者は一読して、なるほどと思いはしたが、なおある種のもどかしさを感じないわけにはゆかなかった。周到な解説を兼ねた批評というべきである。ただ欲をいえば、もう少しやさしく書けないものかというらみを覚える。「氷れる谷間」の謎解きに興味を持つ人には杉本秀太郎の「伊東静雄の詩」を読むことをすすめる。

杉本秀太郎が伊東静雄と面識があったかどうか筆者は右の批評文だけではつまびらかにしえないが、小高根二郎はかつて親しくまじわったことを知っている。小高根二郎の鑑賞と批評もよく伊東静雄の詩を解き明かしている。そういう読み方もあるものかと筆者は「詩人伊東静雄」のページをひるがえしながら自分の不明と鑑賞力のとぼしさをはじたものであった。

ひっきょう、詩を理解するにはその作者の肉体と接した人のみにかぎられるのではないかというのが筆者のいつにかわらない思いである。諫早の市民センターで、菜の花忌を記念して庄野潤三が師伊東静雄の思い出を語り、授業ちゅうのエピソードを開陳するのを耳にしながら、筆者の念頭に去来したのはそういう思いであった。

肉声で語られる詩以上に詩的なものはない。

昭和二十年十一月に伊東静雄はしきりに帰郷の願望を訴えている。亀山太一にあてた手紙では、「……長崎に久し振りにかへり、改めてその美しい風景、しっとりとした人情、ゆたかな物資等を見直して、大阪生活がいやになりかかつてゐます」

といい、同じく十一月に栗山理一にあてた手紙でも、

「……大阪は猥雑不義住むに堪へない気がします。それで諫早か長崎の田舎に移住しようと思ひ、最近弟の結婚によって近しい姻戚になつた長崎高女の校長に頼つて転任の運動を初めてをります」

と述べ、十二月にはまた栗山理一にあてて、

「……わたしは、このごろは一日も早く長崎にゆき、小説を書きたいとそればかり夢みてゐます。時勢のせいに長崎に退くばかりでなく、是非さうしたい文学的な希望も積極的原因になつてゐるのです。（略）これは私の文学的前途を賭けてゐることなのでしつかりやるつもりでありまず」

と語っている。決意のほどがうかがわれる文面である。とどのつまりこの願いは実現しないままに終り、翌年一月には亀山太一にあてて、

「……とにかく我慢出来がたいところを我慢するより外に仕方あるまいといふ甚だ消極的なところにおちついたのであります」

ということになる。

もし、伊東静雄がこのとき諫早へ帰っていたら、本人の希望はかなえられていただろうか。小説を書くという夢が実現していたかどうか。「ゆたかな物資」と伊東静雄は手紙のなかで羨望しているが思いちがいもはなはだしい。ちょうどこの頃、筆者は諫早の小学校に通っていたのだが、食料事情は都会と似たようなもので、米飯など年に数えるほどしか口にしなかった。ふだんはサツマイモとそのつるが常食であった。彼が田舎へ帰りたいというのを聞いて、だれかが田舎にさえも「ゆたかな物資」などありはしないと告げたのではないだろうか。

結果からいえば、伊東静雄は諫早へ移住しない方が良かった。帰ったところで小説なぞ書けはしなかったであろうから。「猥雑不義住むに堪へない」都会こそ詩人の空間である。風光明媚な

諫早へかりに帰郷したとしても、半月とたたないうちに後悔しただろう。昭和二十年には諫早も充分に猥雑不義であった。占領軍はこの田舎町にも進駐して来て、巷には娼婦が横行し、這松下かいわいの遊廓はアメリカ兵で溢れていた記憶がある。諫早は爆撃で焼かれはしなかったが、敗戦前後の混乱で町の模様は一変したのだった。

伊東静雄の脳裡にある諫早は、樹木と水の豊かな城下町であった。一度は忌避した故郷と敗戦を境に和解したことになる。その土地が大阪と同じように戦いによって疲弊し汚れるのを見なかっただけでも幸せである。

筆者は昭和二十一年の元旦に、町の中央通りでアメリカ兵が餅を投げ合っているのを見たことがある。卑屈な住民が「ジャパン・ケーキ」とかいって提供したしろものである。アメリカ兵はそれでキャッチボールをした。

餅米の配給はごくわずかであったから、一個でも子供の目には貴重に見えた。アメリカ兵はまったく餅という日本の食物に気をそそられたようには見えなかった。それどころか彼の表情には明らかに征服した国の奇異な食物に対する軽侮の色がうかがわれた。子供心に筆者は屈辱感を味わったものである。キャッチボールを見物している娼婦たちのはやし立てる声が妙にやるせなかった。

あれが餅でなくて蜜柑かさつまいもであったら八歳の少年が屈辱感を味わうことにはならなかったろうと思う。昭和十八年の夏に、伊東静雄は九大生庄野潤三に語っている（「前途」）。

「小説というのは、いまの話のようなものですね。空想の所産でもなく、また理念をあらわしたものでもなく、手のひらで自分からふれさすった人生の断片をずうっと書き綴って行くものなのですね」

助言は核心をついているように思われる。

右の件りだけでなく、伊東静雄は庄野潤三に適切な創作上の助言をしばしば与えている。小説を書くのに文学的前途を賭けるという意気ごみは敗戦をきっかけとして生じたのではなく、その頃から彼の内心にきざしていたような気がする。

筆者は伊東静雄の文語体による詩よりも口語体の方が好きである。あえていうなら、彼の詩のすべてから文語体で書かれた詩を除いても詩人としての価値は減らないと考えている。「反響」に収められたいくつかの口語詩は水のように平明である。晦渋な言葉も難解なイメージもない。それでいて異様な深さがある。物語性もある。「都会の慰め」はあたかも一個の短篇小説といったおもむきがある。

伊東静雄が人なみの体力にめぐまれていたら、大阪にとどまっているうち必ず小説を書いたであろうことは疑いをいれない。「庭の蟬」や「夏の終り」がどのような小説に変貌したかを想像してみるのは意味のあることである。「手のひらで自分からふれさすった人生の断片」と彼はいっている。もし小説を書いていたら少年時にすごした諫早を描いていただろう。

「かせやさん」というのが綿糸商に変った伊東家の呼び名であった。紡いだ糸をかけて巻きとる道具が桛である。桛屋伊東家の店頭情景を吉田順子は覚えている。その頃、伊東家は新しく建物を造作して家畜の仲買をしていた当時の面影はなかった。道路に面してあけはなされた店舗のなかには棚が何段も並び、その上に赤、白、黄、青に染められた綿糸が桛に巻かれて積まれてあった。店に坐っていたのはいつも伊東静雄の母ハツであった。父惣吉の姿を見かけたことはあまりなかったという。

その頃、たいていの農家は自宅に機《はた》を持っていた。町家でも布地を織るのはめずらしくなかった。諫早の人々は自家用の布地を織るのに必要な綿糸を桛屋伊東家で求めていた。どこを歩いても家並のあいだから機をあやつるカタンカタンという音が聞えてくるのだった。

＊＊

古書店主

古本あさりは趣味といえるのだろうか。

読み書きを業としている者が、趣味は古本屋がよいです、というのは気がひける。漁師にとって釣りが趣味でないのは自明の理である。しかし、私の場合、仕事以外のことでくつろぐことが出来るのは古本屋の棚を眺めることしかない。

あいにくわが町諫早においても古本屋は貸本をかねた店が一軒しかない。長崎に二軒、佐世保に三軒、いずれも棚の中身には通じている。したがってあちこち旅行するときに、その土地の古本屋をさがし歩くことになる。今までの経験では、人口十万以上の都市にはすくなくとも一軒は古本屋があるようだ。全国古書店地図という便利な案内書も市販されている。旅行の必携品である。洗面具を忘れてもこの本を忘れることはあまりない。

かりに忘れても、そこは長年つちかった独特のカンがある。その都市の繁華街からほど遠くない一角にひっそりと店を構えた古本屋を見出すまでに手間はかからない。たいてい一間か一間半のせまい間口である。軒下に箱があり、五十円均一などという札が立ててある。「古本高く買います」という貼り紙も目につく。

初めての店に足を踏み入れるときの心のたかぶりをどう説明したらいいものだろう。長い間、さがしていた本が見つかるかもしれない。思いがけない掘り出しものをするかもしれない。胸がしきりにときめくのである。ちょうど女と逢い引きするときのような、不安でいて甘美な期待に満ちた瞬間に似ている。薄暗い店にはいって、左側の棚からひとまずざっと見渡す。全部の本を見るのに五秒とかからない。それから元に戻って一冊ずつじっくりと点検する。

勝負は最初の五秒で決するといっていい。どんな隅っこにあっても、自分の探している本はわかるものだ。本が「私はここに居ますよ、早く埃の中から救い出して下さい」とでもいいたげに呼びかけるからである。掘り出しものがある場合は、店構えからして雰囲気がちがってくる。奥行きの深い感じがする。本の山のいちばん下に埋れていても、ここと覚しいあたりをかきまわすうちに出てくるものだ。

古本屋の主人についても書き落してはならない。地方都市で古書店を営んでいる人物は名のある詩人か歌人俳人である場合が多い。げんにわが町諫早の古書店主はその詩が訳されて英国の教科書に採用されている。大牟田駅近くにある古本屋のあるじは歌をよむ人である。小倉のある古本屋さんは俳句をよくする人と聞いている。華かな新刊書店と異なり、一見くすんだ店構えの、色褪せた書棚の奥に控えているのはいずれもひとくせありげな顔をした人物ばかりである。本好きでなければ出来ない商売である。そして私はこの気むずかしい顔をした古書店主たちが好きなのだ。

S書房主人

高校を卒業して東京で働いていた当時のことである。

つとめの行き帰りに立ち寄る小さな古本屋があった。S書房というそこは間口二間あまり、奥行きもそれくらいの小さな店であった。三十歳あまりの主人とその奥さんが、かわるがわる店番をしていた。

歩いて一分とかからない近所であったから、日に一度はのぞくのがきまりだった。土間の隅には水瓶がすえてあって、季節の花が欠かさず活けてあった。日に褪せた古本と、色鮮かな花のとりあわせが目に快く映った。ガソリンスタンドで油臭い仕事をした後で、S書房に寄り、水瓶の花や古本を見るのは私のささやかな愉しみだった。

給料は食べてゆくのがやっとだったので、私がそこで古本を買うのは月に二、三回もなかったと思う。それも三十円内外の文庫本ばかりである。

長いこと立ち読みをしてあれこれと思い惑ったあげく、清水の舞台から飛びおりるような悲壮な覚悟をして買おうと決めるのだ。なるべくおかみさんが店番をしているときに買った。値切りやすかったからである。痼癪持ちのように見える主人に対しては、まけてくれといい出しにくかった。おかみさんはさほど厭な顔もせずに文庫本の値段を引いてくれた。

ある日、つとめ帰りにS書房へ寄って文庫本の棚を物色していると、かねてから欲しいと思っていた本が並んでいるのに気がついた。上中下三冊が揃っている。ふところ具合を考えていつものように迷った。昼飯を何回か抜けば買えないこともない。今、見のがすと人手に渡るかもしれない。古本というものは機会があるときに手に入れなければ永久に再会できないこともある。しかし……。

さんざん迷った末に私はその三冊をおかみさんの方へ持って行って値切った。二十年前はたいていの古本屋がいくらかは交渉次第で勉強してくれたものである。

お客さん、それは困る……。おかみさんの後ろから主人が顔を出した。うちも商売だから、ぎりぎりの値段をしょっちゅうまけるわけにはゆかない、というのである。

何カ月か後に私はつとめをやめて九州へ帰ることになった。いくばくかの退職金を懐中に私はS書房に出かけた。買いたい本は決めていた。あるフランス人彫刻家の写真集である。ちょうど給料の四分の一にあたる値段であったと覚えている。当時は豪華本である。

私は郷里に帰ることを主人に告げた。彼は黙って値段を三分の二にまけてくれた。餞別だというのである。私は固辞したけれどもいい出したらきかない相手だった。

先だって私はS書房を訪ねた。あの頃、おかみさんに抱かれていた乳呑児が結納をとりかわした所だった。土間には見覚えのある水瓶があり、桃の花と連翹が活けてあった。

貸借

私は友人の家から手ぶらで戻った。

どうしても「あの雑誌を返してくれ」といえなかった。せんだって遊びに来た彼が、肩のこらない雑誌を貸してくれといって、私の書斎から持ち去った二冊の雑誌である。

「映画の友」の一九六〇年二月号と三月号。これは十数年前に廃刊になった。いま、古本屋にべらぼうな値段で出ている。

「なんだ、映画雑誌か」というなかれ。

あの頃の「映画の友」は、充分に大人の鑑賞にたえる雑誌であった。グラビアページの紙質がよくて、写真が鮮明だった。今のは、まあいわないでおこう。「映画の友」の編集長は当時、淀川長治氏であったと記憶している。

一度はあきらめようかと思ったのだが、その二冊はめったに入手できないしろものである。古本屋でさがしてみたけれども、この号だけ見あたらない。

で、私はふたたび勇気をふるって友人宅へ出かけて、それとなく貸した雑誌のことをほのめかすのだが、友人にはてんで通じない。困ったことに私は「先日、おまえさんが借りてった雑誌を返してもらいたい」といい出せないのだ。まるで巨額の借金を申しこむような心境になる。彼の本棚にあれば、「これ、ちょっと要るから」とさりげなく抜きとろうと考えて、本棚を点検してみた。影も形もない。ボナールの「友情論」というのが目に入った。

借りた本を返してくれるのも友情のうちではないかしらん。友人は「このごろ何か面白い本があったかね。読んだらおれに貸してくれ」などと涼しい顔をしてのたまう。「それにしても、本は高くなったなあ。おれみたいな本好きは弱ってしまう。せいぜい、お前さんから借りて読むとするか」

どうぞ、ご勝手に。

私はとうとう雑誌のことを切り出せずに友人の書斎から出た。

玄関のわきに古新聞が紐でたばねられて積んであった。「朝日ジャーナル」や「現代」もまざっていた。屑屋に払い下げるのだろう。

「リヤカー一台分でちり紙一束にしかならないよ」

と友人はいった。見覚えのある表紙が私の目をとらえた。私が貸した雑誌は「エコノミスト」といっしょにくくってあった。

「おや、それは要るのかい」

私が抜きとった雑誌の埃を叩いていると、友人はけげんそうにたずねた。

引っ越し

自分では身が軽い方だと思っている。

家に執着はないつもりである。三十七になる今日まで、数えてみると引っ越しは二度や三度ではない。一年のうちに三回、それもたて続けに居を移したことがある。もっともその当時は独り者で、何をするにも身軽であった。

結婚するまで元料亭を改造したアパートに住んでいた。百畳敷とかいう二階の大広間をベニア板で仕切った部屋で、一間が正確に何畳であったかどうしても思い出せない。八畳以上はあったようだ。ベニア板の壁が音をよく伝えるのには感心した。夜など三間ほどおいた部屋の物音もはっきり聴きとれた。残業から戻ったあるじが扉をしめ、お茶を淹れてのみ干す気配まで手にとるがごとくだった。そういうことに聴き耳をたてている方もひま人というものだ。そのころ私はこれという職もなくて、朝から晩まで自室にこもってあらぬ思いにふけっていた。昼間は眠り、夜はごそごそと布団をぬけ出して戸外をぶらついたり、机に頬杖をついて窓が白むのをぼんやりと見守ったりしているのだった。

そんなアパートで所帯を持つのもどうかと思われて、結婚してからはふるい武家屋敷を借りて、今もそこに住んでいる。六畳二間に三畳というせまい家である。四年になる。子供がいないからそれで良さそうなものだが、書物の置き場に困ることになった。年々ふえるばかりである。スクラップ・ブックが三十冊あまり、それに雑誌がある。ときどき要らなくなった本を古本屋に払い下げはするのだが、四つの本棚からあふれ出た書籍は廊下を埋め、階段や机の下を占領し、座敷にもうずたかく積みかさねられている。

古本屋に売るにも限度がある。いつ必要になるか知れたものではない。一応、目を通したからいいだろうと思って処分してからまた読みたくなったり調べものをする必要を感じたりすることもしばしばだ。梶井基次郎全集はそのようにして三回ほど売ったり買ったりしている。二年前から余程つまらない本でないかぎり古本屋に売らないことに決めた。売れたにしても二束三文である。引き合わないことおびただしい。もともと本好きだから、本の山に囲まれておれば悪い気はしない。ところが、本に埋もれていると探し物をするのが厄介である。「ニッポン日記」は買っておいたはずだと思って本の山を突き崩し、探しに探しても見つからない。仕方なしに新刊を手に入れてからひょっこり本棚の一隅に発見することがある。

どうかすると二、三行の文章を書くために一冊の本を探して一日が暮れてしまう。ちゃんとした書斎があって、自分の蔵書がひと目で見渡せたら、と思う。そうするとどこに何があるか暗闇でも迷わずに探し出すことができる。今の家は専用の書斎がないのである。

そこでこの夏、家人が手頃な借家を見つけてきた。六畳二間に四畳半の新築である。家賃は二倍以上だが、四畳半の部屋を書斎にあてられるのが取り柄だ。その日のうちに私は決心した。不動産業者に手数料を払い、新しい家主に敷金と一カ月分の家賃を支払った。二日後に私は決心をひるがえした。

今の家が不便であることは確かなのだが、いざ引っ越しをしようとする者の目であらためて眺めてみれば、随所に愛着を覚えて去り難くなったのだ。

土地の藩主に歴代つかえた典医の家である。薬木薬草を栽培したという広い庭は石垣と生垣で囲まれており、庭木が豊かで四季の花が咲く。家主さんはその典医の子孫で、同じ家を仕切った一隅に住んでいる。修理に修理をかさねた建物であるが、根太がゆるんで柱も梁も本来は直角にまじわるべき所が斜めにずれている。家全体がいくらか傾いている感じだ。それでもふるびた木目が浮いた柱は田舎でもめずらしいしろものである。梁も黒光りして歳月の艶を帯びている。

私が引っ越しをあきらめたのは古い家の魅力を無視できなかったせいなのだが、新しい家の雰囲気にいささかたじろいだということもあずかって力がある。新建材をたっぷり使って建てられた家のやたらにてらてらした感じを古い家と比較することになったわけだ。不便を我慢しても、手数料と一カ月分の家賃をフイにしても元の家から動かない気になった。新しい家の安直で薄っぺらな雰囲気ときたら鼻もちならない。便利さというのが人間の家の条件とは私には思えない。

私は相変らず本の山を築いたり崩したりして時間を無駄にすることだろう。昼なお暗い家で本の置き場を探しまわるだろう。
それでも当分はよそへ移ろうとは考えない。

京都

昭和三十一年に私は高校を卒業した。

京都の大学を受験したもののみごとに落ちた。合格するとは思っていなかったのだから、掲示に自分の番号がなくてもそれほど失望しなかった。三カ月あまり堀川中立売で暮した。京大生だけに部屋を貸す家である。郷里には予備校に通っていると称して実は毎日あそんですごした。ひるごろ目を醒まして寺町かいわいの古本屋をめぐり歩き、映画を見たり、美術館や博物館で時間をつぶしたりした。生れて初めて親もとから離れて生活するのはいうにいえない解放感があった。

私が受験したのは大学の文学部史学科であったが、受験して合格した学生Mと十年後に私は会うことになる。彼は私が文學界新人賞に応募した原稿を初めて読んだ編集者となった。私の本のうち五冊は文藝春秋社の出版部員であるM氏の手で刊行された。そのころはしかし作家になろうとは夢にも思わなかった。受験勉強をしなければ合格しない理屈はわかっていたが、九州の片田舎から出て来た私にしてみれば、京都の街をぶらつくのが愉しくて仕方がなかった。国もとから送られる学費は古本代とコーヒー代に消えた。同志社大の近くにある「名曲喫茶」に入りびたり、古本屋で買った岩波文庫を読みあげると一日はたちまち終った。カロッサの「指導と信従」や「美しき惑いの年」などを読んだのはこの頃と思う。ヘッセのものは「知と愛」のほか数冊よんでみたけれども、もの足りなかった。

喫茶店は夜の十一時ごろ店をとざす。御所の広い構内をななめに突ききって堀川の宿へ帰り、布団にもぐりこんであけがたまで本を読みふけった。いい気なものだったというほかはない。上京するとき私は革のトランク一杯に本を詰めて列車の網棚にのせていた。それが何かのはずみで下へ落ち、留金がはずれて中身の書物が座席と通路に散らばった。乗客の視線にさらされた自分の本を拾い集めるとき羞恥で目の前が暗くなった。私の部屋へ遊びに来た同宿の京大生に何気なくこの話をすると、彼は「そんなら話せる」といった。私より三歳年長で、A子の兄と同級であった。私より三歳年長の彼は、A子の兄と同じ経済学部の学生であったが、本棚には経済学に関する書物は教科書以外に見当らなかった。フロイトの選集を彼はまたたくまに読み上げ「おい、人間の欲望でいちばん強いのは排泄欲だとよ」などといった。彼は百済観音の写真を壁に鋲でとめていて、世界最高の芸術品ともいった。下宿にやってくる京大生で彼と親しいTという男がいた。「こいつは鎌倉の大仏にヒゲがあるかどうか、わざわざ東京から自転車にのって確かめにいったやつだ」といって彼はTを私に紹介した。

Tが帰ってから私は初対面の印象をさりげなく彼から求められた。「て、ら、い、のない、いい男だ」と私は答えた。彼は満足そうに微笑して自分もそう思うといった。会心の笑みという句を目にするとき、私はTの批評をきいた彼の表情を思い出す。同時に彼の背後にかかげられていた百済観音の像も。彼がもらしたような美しい微笑は、人が一生のごく限られた時期にしか浮べられないものだ。今になって私にはそう思える。下宿から三カ月後に私は追い出された。京大生たちとはそれきりであるが、私は彼とTの友情が永続していることを信じる。

カロッサ、ヘッセ、シュティフター、メーリケ、シュトルムなどは、ほとんど岩波文庫で読んだ。堀川から寺町へ引っ越すとき、私は手もとのドイツ小説は古本屋に売り払った。なんとなく「もうたくさん」という気がした。ヘミングウェイの「老人と海」を福田恆存氏の名訳で読んだ後はなおさらだった。

ブリューゲル

京都では名所旧跡を訪れたことがない。

下宿と古本屋と喫茶店と映画館を結ぶ線をマメに往復していた。その古本屋はたしか寺町界隈にあったと思う。間口一間半、奥行二間あまりの小さな古本屋である。ガラス戸をあけると天井に黄色に裸電球が光っていた。昼間も私は古本屋から古本屋へと歩いていたのだから、明るい古本屋の光景だって覚えていていいはずなのだが、どうしたことか京都で通った古本屋は夜のたたずまいばかりを思い出す。

新京極の美松劇場で「俺たちは天使じゃない」を見て、下宿へ帰るには早すぎる時刻だったので裏通りをぶらついていると、その古本屋が目にとまった。アルベール・ユッソンのコメディをマイケル・カーティスが監督し、ハンフリー・ボガードが主演したこの映画は文芸大作と銘打たれた「バラの刺青」より何倍も面白かった。とにかく脱獄囚の一人であるピーター・ユスティノフが光った。私は今も彼のファンである。最近封切られたクリスティー原作「ナイル殺人事件」では彼が名探偵ポアロを演じるという。「オリエント急行殺人事件」でポアロに扮したアルバート・フィニイより彼にふさわしいのではないか。E・アンブラーの原作「真昼の翳」をジュールス・ダッシンが監督した映画「トプカピ」でも彼はケチな小悪党を演じて異彩を放った。
四、五年前、神保町にある洋書専門の古本屋で五十円均一のペイパーバックの山の中に、ユスティノフの短篇集を発見したときは嬉しかった。彼は戯曲も詩も書くという。なかなかの才人である。そういえば「びっくり大将」という邦題で昭和三十六年に公開された喜劇もユスティノフの自作自演であった。原題は「ロマノフとジュリエット」で、さして評判にはならなかったが、傑作である。スイスの近くにある小国の大統領がユスティノフで、わざとミスプリントした切手を売って細々と喰いつないでいたところが、正しく印刷された切手の方に高い値がつくようになる。リヒテンシュタインのような小国なのである。米国大使の娘とソ連大使の息子が恋におちいり、頭に来たソ連大使が沿岸漁業監視船ドストエフスキー号の女船長を息子の嫁にしようとするあたり、抱腹絶倒したものだ。話がわきにそれてしまった。古本屋に戻ろう。
天井までうず高く積まれた雑誌や本の山を見わたしていると、一冊の画集が目にとまった。ブリューゲルの画集である。当時、平凡社が美術書を専門に刊行しているスイスの出版社スキラと提携して出したシリーズの一冊であった。ページは総体にやや黄がかった紙質が用いられ、文庫本をひとまわり大きくしたような判型であったと思う。他にルーベンスやレンブラントの画集もあったはずだが、私にはブリューゲルのそれが印象的だった。

野間宏の「暗い絵」をそれに先立つ数日前、私は読んでいた。書出しは暗記できるほどにくり返し目を通したと思う。「これがそうなのか」と内心でつぶやきながら、ほぼ一時間、私は裸電球の下で画集をめくった。懐中は乏しかったので画集を自分のものにすることは諦めなければならなかった。いったん店を出てからまた見たくなり、後戻りしてフランドルの冬景色や農民たちがする酒宴を眺めた。出たり入ったりする私を、店番の老人はかくべつ不審に思っていないらしかった。私のような学生は珍しくなかったのだろう。それでも私の執心を見かねたのか、今は買えなくてもとっておくから、金ができたら買いに来るようにと最後にいってくれた。結局、私は京都に滞在している間、ブリューゲルのその画集を買えなかった。

衝立の向う側

同志社大の近くにあったその喫茶店については前に書いたと思う。いわゆる名曲喫茶である。一階が洋菓子店で、二階が喫茶室になっていた。店の奥に再生装置があり、客はリクエストした「名曲」をうやうやしく聴くしくみである。私はカロッサの「医師ギオン」をこの店で読んだ。午前ちゅうに行けば、コーヒーは一杯三十円であったと思う。ひるすぎは五十円になる。ヘッセの諸作品よりも私にはカロッサが良かった。「ルーマニア日記」は二回読んだ。

ある日、かつて聴いたことがないメロディーが私の耳をうった。私はページを繰るのを忘れてそのヴァイオリン・ソナタに聴き入った。チャイコフスキー、ブラームス、パガニーニ、ベートーヴェンなど私がそれまでくり返し聴いて飽きが来た音楽とはまるでちがっていた。精密に組立てられた分子構造の模型にそれは似ていた。

再生装置の後ろにある壁には、小さな黒板が掲げられていて、そこには作曲者と演奏家の名前がチョークで記入される。セザール・フランクとあった。私はフランクの名前だけを高三当時に知っていた。新潮社から出ていた一時間文庫の「私の詩と真実」に河上徹太郎が書いていた。ジヤック・リヴィエールのフランク論が引用されてあった。（薔薇の蕾がおもむろにほころびるような）という形容をリヴィエールはしていたと思う。フランクのヴァイオリン・ソナタには、リヴィエールが指摘したような美しさがあった。私はいったん終った曲を再びかけてくれるように係の女の子にたのんだ。次の曲をリクエストしている客に悪いからという理由で、フランクがまた鳴るまで私は二時間以上も待たなければならなかった。ストラヴィンスキーの「春の祭典」や、ショパンのピアノ協奏曲を私はイライラしながら聴いた。ようやくフランクになった。

私はソナタが終るまで身じろぎもせずに聴いた。性的な陶酔に近い官能的な歓びを味わった。フランクのソナタが聴けるものならば蔵書は惜しくなかった。カロッサもヘッセもコーヒー代になった。今なら私はフランクの音楽にある種の頽廃とセンチメンタリズムをかぎつけることができる。ロマン派の支流ではないかとさえ思う。依然として好きではあるけれども。

ただ十八歳の九州から出て来た少年にはフランクがすべての音楽であった。喫茶店がしまり、夜ふけ、御所の広い庭を突き切って、堀川の下宿に帰るとき、常夜灯に照らされて異様な青さで輝く樹々の緑を私は鮮明に思い出す。私には生活がなかった。本を読むときは現実をたやすく忘れることができた。音楽の中に分身を浸して聴くことができた。いい気なものだと思うけれど、一時的にもそういう時期をすごせたのは幸福だった。世の中へ出ると、そうはゆかない。

四条河原町の電車通りに面した喫茶店に入ったことがある。久しぶりに国もとから送金があった日のことだ。私は古本屋で手に入れた河上徹太郎の「自然と純粋」を読むつもりだった。初版ではあったけれども、当時は浪人の私にも買える値段だった。店内は薄暗くて座席はそれぞれ衝立で仕切ってあった。衝立は細目の格子になっており、隙間からのぞこうと思えば隣席を見ることができた。照明が暗いので私は読むのを諦め、こういう店に入ったことをくやんだ。いつもの名曲喫茶に行けばよかった。隣席では中年のいっけん大学教授ふうの男が若い女の肩に手をまわし、小声で何やら囁いていた。女はすすり泣いていた。（なんと退屈な……）。そういう情景は私の関心をまったく惹かなかった。

アドルフ

私は田舎へ帰ることになった。父が事業に失敗し、病気になったからである。滞っていた部屋代を最後の仕送りですませ、九州までの切符を買うと、あとには何も残らなかった。各駅停車の普通便である。私は手もとのささやかな蔵書を売りはらった。処分しなくても帰れるだけは帰れたのだが、気持の整理がつかなかった。

わずか三カ月間の京都ぐらしであった。十八歳の少年には初めて経験する一人ずまいが充分に印象的といえた。御所の淡い緑が春のたけるにつれて濃く鮮かになるのを、私は日ごと眺めたものだ。永い歴史を持つ古都の、ひっそりとした暗い裏通りを、暇に飽かせてぶらついた思い出も忘れにくかった。短い期間に、これほど多くの映画を見たことは、かつてなかった。受験勉強から解放された気楽さで、むさぼるように本を読んだのも、堀川や寺町の寒い部屋の万年床であった。

帰郷を明日にひかえた日、私は賀茂川の岸に沿って散歩した。田舎へ帰れば何か仕事について家計をたすけなければならないに決っていた。のんびりと街を歩くのも、これでおしまいだと自分にいい聞かせた。五月のなま暖い小雨が降っていた。舗道は鋼鉄のように光った。葵祭はとうに終っていた。いつまでも京都にとどまって、心ゆくまで古本屋がよいをし、散歩と映画見物をしたいというのは虫の良すぎる考えであった。受験準備など秋になってから始めても遅くはないと、私はタカをくくっていた。

「帰る田舎を持っている人はいいなあ」

隣室に住んでいた立命館大の学生はそういった。彼も地方出身者であることに変りはないのだが、ある種の事情で郷里にはどんなことがあっても帰れないのだと告げた。私は羨望されたところで少しも嬉しくなかった。私は故郷を懐しむ気持からはあまりにも遠い所にいた。「帰るべき土地」について考えることになるのは十年後のことである。私が初めて書いた小説の主人公は故郷喪失者であった。

霧のような雨に包まれて私は賀茂川の右岸から左岸へまた右岸へ、橋を渡ってめぐり歩いた。京都もこれでしばらくは見おさめかと思うと、散歩をそうそうに切り上げる気になれなかった。賀茂大橋と出町柳の中間に喫茶店があった。二階までガラス張りの、当時としては明るい店である。私はそこでポケットにつっこんでおいた岩波文庫のコンスタン作「アドルフ」を読み終えた。プレヴォーの「マノン・レスコオ」を読んだのもこの店であった。客は場所柄ほとんど京大生であったと思う。「アドルフ」については後年、清水幾太郎氏が、風景描写は一行しかないと指摘しているのを知ったのだが、そのときは気づかなかった。ページからときどき目をあげて、銀灰色に煙った賀茂川の広い川原を見渡した。正直いって身につまされたというのが、女友達にふられたばかりの私の感想である。どういうわけか、フランスの小説はその店を選んで読む習慣がついていた。幾何学的なガラス細工を思わせる心理描写を辿るのは、ガラス壁を透して陽光の満ち溢れた店の雰囲気が似つかわしいように思われた。ラディゲ作「ドルジェル伯の舞踏会」を新潮文庫で読んだのも、その店内であったことを思い出した。十八歳の少年が「アドルフ」や「マノン・レスコオ」をどこまで理解できたか疑わしい。読書の危険というものを私は考える。現実の経験などありはしないのに、書物で人生を把握したような錯覚が生じるからである。「マノン・レスコオ」はともかく「アドルフ」は再読したいと思いながら、まだ果せないでいる。

「人生の重みがわかってくると、本なんてそうやたらに読めるものではないよ」

とYがいった。二度めの夏休みに彼が帰省した折りの言葉である。人生の重みはともかく、京都から諫早へ帰って以来、私は気ままに本が読めなくなった。本ならば買えずとも市立図書館で読むことができたのだが、一行読んでは立ちどまり、二行読んでは外を眺めたりして少しもはかどらなかった。京都で乱読したむくいが来たのである。Yのいうことも一理あるように思われた。登場人物の片言隻句にもひっかかった。学生時代にはすらすらと読めたトルストイが、たやすく読めなくなった。

生活のことが念頭から離れないという事情もある。数年後、エレンブルグの「わが回想」を読んだとき、若きエレンブルグがパリの美術館で印象派の傑作にうっとりとなった後、館外へ出たとたんに明日のパン代を考えたというくだりに共感した。いつまでもこうしてはいられないとわかっているくせに、現実にはどうすることもできないのである。職安へ行って、きょうも仕事がないといい渡されると、がっかりした反面ほっとした。その足で森の中にある図書館へ出かけて、創元社版の「現代日本詩人全集」を借りて拾い読みした。小説は読めなかったけれども詩は読めた。小野十三郎という詩人の存在を知ったのはその頃である。

諫早には天保年間に架けられたアーチ型の石橋がある。眼鏡橋と呼ばれている。橋のきわに軒の低い古本屋があった。店主は上村肇といって、詩人である。当時、四十歳をいくらもすぎていなかったはずだ。ほっそりとした面長の奥さんとかわるがわる店番をしていた。棚には詩集が多かった。小野十三郎の「抒情詩集」を私はその中に発見した。灰色のごわごわした和紙三十枚足らずを、小口を裁断せずに綴じた薄い四六判の本である。中扉にはレオナルド・ダ・ヴィンチのデッサンした花があしらわれ、LIRIKA POEMARO とうす緑色のラテン語が次のページに刷ってあった。爐詩叢書第一輯と銘打たれたこれは定価が六十五円、古本値は五十円だった。思えば古本が安い時代であった。発行は昭和二十二年六月、発行所は奈良県高市郡八木町の爐書房である。ちょうど一年後の夏に「抒情詩集」は町を襲った洪水で失われたが、それから五年あまり経って戸塚の古本屋で同じものを見つけたときは嬉しかった。四百円であった。まだ古本の値段が暴騰する以前の話である。

大きな活字で余白を広く取ってゆったりと組まれた詩はどれも良かった。音の制約が小さい日本語の詩はイメージにあると私は信じていた。モダニズムの気取った詩に少々うんざりしていた私には、小野十三郎の詩が刺戟的であった。詩はこうでなければと、思った。私は暮夜ひそかに小野十三郎にならって詩を書いた。幸いにも原稿は洪水によって有明海へ沈められることになる。

再び詩を書出したのはずっと後のことだ。

十月の初め、私は上京した。大学へ進むのを諦めるのは造作なかった。学生生活に多少の未練を覚えないでもなかったが、それ以上になまの現実に触れたいという願いが強かった。夜行列車のデッキに立って私は遠ざかる町を見送った。二度と田舎へ帰るつもりはなかった。東京ではえり好みさえしなければいくらでも仕事があった。神保町の名曲喫茶〝らんぶる〟には備えつけの画集や詩集があった。月に二日の休日を私は〝らんぶる〟ですごした。そこで見つけた小野十三郎の分厚い詩集を半日がかりで読みふけった。ウェイトレスの厭がらせなど気にしなかった。

澄んだ日

再び都会で暮すことになって、私は生き返ったような思いを味わった。東京には京都にない活気があった。田舎ですぐれなかった体調が、上京してしばらく経つうちに恢復した。友人の厚意で、大森の家に置いてもらって勤めに通った。わずかな月給から必要な支出を除くと自由になる額は限られていた。京都にいた頃のようにたやすく古本を買えなかった。

それでも月に二回の休日にはせっせと早稲田界隈や中央線沿線の古本屋街をまわった。漁るのはおもに十円か二十円均一の箱である。文學界や新潮のバックナンバー、文庫本などが買えた。コーヒー一杯三十円であったと思う。会社を午後五時に出ると、その足で上野や中野にあった名画座に向った。E・カザンの「革命児サパタ」は上野で見た。料金五十円、M・ブランドオ主演。批評家がさんざんくさしたこの映画のどこがつまらないのか、私にはのみこめなかった。カザンは赤狩りに協力したからという理由で、当時もウケは良くなかった。私にしてみれば四カ月もの田舎住まいの後ゆえ、見るもの聞くものことごとくわくわくさせられた。中野の南口（もしかしたら東中野だったかもしれない）にあった地階の名画座では、W・ワイラーの「探偵物語」を見た。主演はK・ダグラス。料金はここも五十円だった。こういう傑作が見られる東京はなんて素晴しい都会だろうと思った。基本給では生活できなかったので、宿直と残業をひんぱんに勤めて手当を稼いだ。河上徹太郎著「私の藝術随想」が新潮社から出たのはこの年の秋と思う。私は紀伊國屋書店で立ち読みした。尊敬すべき批評家が、ベルリンフィルの公演や「エデンの東」についてどんな感想をもらしているか知りたかった。どれもあまり感心したふうではなかった。高田老松町にあった学生寮の一室で、Yは本書を評した谷川俊太郎の言葉を紹介した。

「河上氏は芸術に倦怠しているというのだ。けだし至言じゃないか。俺なんか〝エデンの東〟にたわいなく参っちまったがね」

私は谷川俊太郎の批評に同感だった。埃っぽい映画館の片隅で暗く輝くスクリーンを見つめて得られる一刻の快楽は何物にも換えがたかった。夜ふけ、静かな街を歩いているとき、どこか聞えてくるアリアの一節にも陶酔することができた。倦怠するひまなんかありはしなかった。毎日がおののくような昂奮に満ちていた。朝、目ざめるとき、きょうは何かいいことがあるに違いないという気がした。

ある日曜日、私は中央線沿線の古本屋を東から西へ順に漁った。神保町の〝らんぶる〟で半日すごした後はたいてい軒なみに古本屋を訪れるのが日課だった。高円寺駅のすぐ近くにあるTという古本屋で、均一本の箱をかきまわしていると、一冊の本が目にとまった。新潮社の一時間双書である。朱色のジャケットをかけられたそれは、カミュのエッセイ集「結婚」だったと思う。

書名を正確に記憶していないが、小説でなかったことは確かだ。なぜ心もとないかといえば、私はその書物を買わなかったからである。扉の裏に二行のエピグラフが引用してあった。ヘルダーリンの詩である。

——しかし汝、汝は生れた
　澄んだ日の光のために——

私はこの二行を頭に刻みこんでそっとページを閉じ、本を箱に戻した。皮膚に電気のようなものが走った。強い光で骨の髄まで照らしだされたような気もした。私は大股に歩きながら深く息を吸って吐いた。見なれた高円寺駅周辺の風景が、別世界のそれであるように思われた。

山王書房店主

大森の新井宿はいま中央という味もそっけもない町名に変っている。そのころ新井宿の区役所からほど遠くない所にあった友人の家に私は寄宿していた。大森駅まで歩いて十五分か二十分はかかった。京浜東北線を鶯谷駅で降り、また十五分ほど歩けば勤め先であるガソリンスタンドにつくのだった。宿直した翌日は午後四時にひけていいので、国電沿いに新橋まで歩いた。終日ドラム罐と格闘していながら新橋駅まで歩く元気があったのだから、十九歳の体力はバカにできない。

西銀座にあった文藝春秋社の入り口には作家の原稿が飾られていた。瀧井孝作氏や永井龍男氏の原稿をガラスごしにしげしげと眺めたものだ。Yによると、私は学生時代から小説を書きたいともらしていたというのだが、その記憶がのこっていない。小説を書くには尋常でない才能がなければならぬ。自分にはその才能などありはしないと思いこんでいた。

文藝春秋社の前で立ちどまって、有名な作家たちの原稿を眺めていたのだから、小説を書きたいという思いはひそかにあったのだろう。新橋駅で国電にのり大森駅で下車すると、新井宿の家に帰るまでの道すがら三、四軒の古本屋に寄った。山王書房は私のすまいに一番ちかい所にあった。見るからに頑固そうな主人が店番をしていた。としの頃は三十代の初めで、小さな机に向っていつも何か書くか本を読むかしていた。ガラス戸がふるえるほどの大声をはりあげて奥さんにお茶をいいつける声を耳にした。私は二十円か三十円の文庫本を山王書房で求めた。大山定一訳の「マルテの手記」は人文書院刊だったと思う。これは四六判で、文庫本はまだ出ていなかった。新潮社の現代世界文学全集に収められたものを一度よんだきりである。私は二冊の文庫本にリルケをそえて店主にさし出し、いくらかまけてもらえまいかとたのんだ。給料日をひかえて懐がさびしかったのだ。店主はいつも気前よく引いてくれたから、その日も応じると思っていた。ところが虫の居所でも悪かったのか相手は烈火の如く怒った。道楽で古本屋をやっているわけじゃないのだから、いちいち勉強していたら店が成りたたないという。私は山王書房で本を買っていたのは古本の値段を二割は安くしてくれるからであった。けんまくに怖れをなして私は店をとび出した。半年あまりたってその店頭に筑摩書房刊の「ブールデル彫刻写真集」が陳列された。私は九州に帰ろうとしていた。昭和三十二年当時、千五百円の値がついていたと思う。前年の秋、ブールデルの作品展が上野で催された。入場券を買えなかった私は、なんとしてもその写真集が欲しかった。わずかではあったが退職金があった。田舎へ帰るのだと私が告げると、店主は黙って五百円引いてくれた。自分の餞別だといった。昭和五十三年の秋に刊行された関口良雄遺稿集「昔日の客」は、かつて新潮社の編集者であった山高登氏の木版画で装幀された瀟洒な本である。

山王書房の主人関口良雄氏は俳句をよくし文章にも秀でていた。尾崎一雄と上林暁の著作目録を作製している。道楽で商売をやりはしないといいはしたものの、故人を追悼した作家たちの文集「関口良雄を偲ぶ」を読むと、それが正反対であったことがわかる。店主は俳句と私小説と歌と古本を愛した。夕焼と銭湯を愛した。これはと思う客には古本をただでくれることも珍しくなかった。

「昔日の客」の巻末には、日本近代文学館に関口氏が身銭を切って集めた尾崎、上林両作家の全著作を寄付する件りがある。

「その本達は、十年余の歳月をへだてて、いま私の目の前にある。そして魂の安息所を得たるが如く、日本近代文学館の地下室で静かに息づいてゐるのだ。かつては私の背中におんぶされ、私の両手に手を引かれる様にして運ばれた本達よ。私はその本達にまた会ひに来ることを誓って地下室を出た」

ボルヘス「不死の人」

先日、長崎の古本屋でぼんやり棚を見ていると「たったそれだけにしかならないんですか」という声が聞えた。「文庫本ばかりではどうもねえ」主人はひややかにいった。売り手は大学生である。彼は諦めたか一山の文庫本を千円にみたない金に換えて店を出て行った。私が二十三、四のころにしたやりとりと同じである。欲しい新刊を手に入れるには本箱を整理しなければならなかった。それでも売りたくない本があった。これだけはどんなことがあっても手ばなしたくない。そう思って残した本が今も私の書棚に色あせた背文字をのぞかせている。篠田一士著「邯鄲にて」もそのうちの一冊である。これを書くために押入れを探したのだが本の山に埋れて見つからない。かわりに清岡卓行著「詩と映画・廃墟で拾った鏡」が出て来た。いずれも弘文堂から出された本で、後者の奥付には昭和三十五年刊とあるから、前者もそのころと思う。定価は四百五十円、現代芸術論叢書として刊行された。朱色の表紙にタイトルの部分だけ白い紙を貼った洒落た装丁である。「邯鄲にて」も装丁は同じだった。巻末に著者が訳したボルヘスの「不死の人」がおさめられていた。私がボルヘスを初めて知ったのはこの本による。

今は早稲田周辺の古書店街を歩くと、どの店にもボルヘスの一冊や二冊はある。文学部の学生で彼を知らない者はいないだろう。私は題名に惹かれて「不死の人」を読んだ。スペイン語の原文はどうか知らないが、訳文の格調にうたれた。どことなくパセティックな昂揚が読む者に生じた。これは今まで私が読んだどの小説にも似ていなかった。私は他人の小説を筆写したことはないけれども、「不死の人」は初めの数章を原稿用紙に書き写してみなければおさまらなかった。しばらくの間、他の小説が読むに耐えなかった。佐藤春夫が「不死の人」を読んだらどんなことになっただろうと想像するのは愉しかった。

佐藤春夫はともかく、田舎町で無聊をかこつ本好きの青年はボルヘスを読んだ結果、「不死の人」と同工異曲のしごく観念的な小説を書くことになり、「唐詩選」の愛読者である友人のWはむりに私の習作を読まされて頭をかかえた。罪深いことをしたものだと思う。

そのころ雑誌「文學界」は年に一回現代詩を特集していた。「邯鄲にて」を読んだのは秋であった。吉岡実氏の詩「五人の僧侶」を読んだ記憶とかさなっている。文芸誌は私はもっぱら新刊書店で立ち読みすることにしていた。「不死の人」がどの小説にも似ていなかったように「五人の僧侶」も他のすべての現代詩とちがっていた。

わが国語でこのような詩をまだ書けるのだろうかと私は興奮した。「文學界」の特集現代詩の解説を担当していたのが篠田一士であった。したがって私の記憶の中ではボルヘスと吉岡実の詩とがわかちがたく結びつくことになる。小説家はだれしも文学的青春というものを経験している。

大学で同人誌を刊行し、安酒場のすみで気の合った者同士文学論をたたかわすという世界から私は遠かった。同人誌に加わったことは一度もない。田舎町にそんなものはありはしなかった。あったとしても加入しなかっただろう。私は月々の文芸誌を立ち読みし、市立図書館で愚にもつかない雑書を乱読し、ある種の勘を働かせてめぼしい本を注文しては読み耽った。「邯鄲にて」も「廃墟で拾った鏡」も田舎町のちっぽけな書店に委託されたのではなかった。私に文学的青春があったとすれば、「不死の人」から、「世界の中の世界」を読んだ時期ではないかと思う。イギリスの詩人スペンダーの自伝である。これは昭和三十五年秋に出た再版を私は手に入れた。

The Family of Man

一冊の写真集がある。ニューヨークのモダンアート美術館が一九五五年に出版したもので、E・スタイケンが編集し、C・サンドバーグが序文を書いている。これを、「われらみな人間家族」と訳したのは高見順であったと思う。六八カ国の写真家がとった五〇三枚の作品が「人間家族」というテーマで配列されているわけだ。私がこの写真集を初めて手にしたのは、高校を出た年つまり一九五六年だったと記憶している。誰から借りたかは、どうしても思いだせないのに、一ドルという値段だけは覚えている。かなりの部数が市販されたのではないだろうか。

写真につけられたキャプションがいい。

扉には夜明けの干潟を撮った写真が使われ、創世記の一節がそえられている。「神、光あれと言ひ給ひければ……」。草原に抱きあって横たわっている若い男女の写真には、ジョイスの「ユリシーズ」からブルーム夫人の独白が用いられる。ユーリピデスの句、プエブロ・インディアンの言葉、ブレイクの詩、マオリ族の言葉、バガバッド・ギタの句、アメリカ原子力委員会の報告書、ロシアの格言、プラトンの言葉、老子、モンテーニュ、ホメロス、弘法大師（参考のために空海のどの言葉か紹介しておく）。

Flow, flow, the current of life is ever onward......

ヴァージル、岡倉天心、アインスタイン、アンネ・フランクの日記、スー・インディアンの言葉、バートランド・ラッセル、ソフォクレスの句（Who is the slayer, who the victim? Speak）はニューギニアで戦死したアメリカ兵の写真につけられたキャプションである。爆弾の穴にうつぶせに倒れた兵士の服は背中が裂けている。穴の縁に小銃が突き刺してあり、砲火で裸になった密林が小銃の向うに見える。

そしてとうとうあった。シェイクスピアである。これを書くために先年、銀座のイエナ書店で買ったファミリイ・オブ・マンをめくっているのだが、なかなかシェイクスピアが出てこない。キャプションにはうってつけの名文句をごまんとものにしているのだから、使われていないはずはないと思って探していると、終り近くになってやっと見つかった。森で遊んでいるジャワの子供たち、雪にたわむれる日本の幼児、裸体の女が花を持っている写真につけられたキャプションである。

O wonderful,
wonderful,
and most wonderful wonderful! and yet again wonderful......

最後のページは小暗い森の小道を、男の子と女の子が手をとりあって歩んでゆく後ろ姿である。

作者はユージン・スミス。これにつけられたキャプションは、A world to be born under your footsteps……。これらを高見順が訳して日本版の写真集が出たように覚えているが定かではない。高校を卒業したての頃には四百円そこそこの本すら、おいそれと買えなかった。その後かなりの期間、古本屋で探したものだ。つい四、五年前、イエナ書店の二階でこの本（アメリカ版）を発見したときは、胸がふるえた。値段は三千円からおつりが来たと思う。写真の表現力というものを私はこの本で知った。

私が大事にしているもう一冊の写真集は、エドゥアール・ブーバの「ODE MARITIME」で、「海の抒情」と題されて平凡社の世界写真作家シリーズに加えられている。熊本の古本屋で買ったのは昭和三十六年ごろで、値段は三百円だった。ポルトガルの海岸で漁師と暮しながら撮った写真集である。平凡社の写真作家シリーズで手もとに残っているのはこれきりだ。女の子を抱いて砂浜に立ち、沖を見ている父親が表紙の写真集である。「海の抒情」という訳はしっくりしないが、まあ仕方がない。

ODE MARITIME

E・ブーバの写真集「海の抒情」を、熊本の古本屋で手に入れたのは昭和三十六年ごろと前回に書いた。昭和三十七年と訂正する。ある書評紙に十枚ほどの短い文章を投稿して採用されたのがこの年であった。葉書の速達で入選を通知されたときは、さすがに悪い気はしなかった。書いたのはふとしたきっかけである。工業高を中退して普通高に入った弟が夏休みの課題として与えられた作文に四苦八苦していたので私が代作してやった。ヘミングウェイについて八枚書いたと思う。モラヴィアはヘミングウェイを不健康といい、プルーストを健康と評していた。いっけん正反対に見えるが、モラヴィアの文学論を読めばなるほどと思うことになる。そのことを念頭において八枚ばかり書くのは、それほどむずかしくなかった。当時、家庭教師をしていた私は大学生のリポートを代作するのに慣れていた。

ヘミングウェイ論を書きあげると妙に心がたかぶった。むしあつい夏の夜で、電灯のまわりに蛾がうるさくとびかった。私は窓をあけた。なま暖かい風が部屋に流れこんだ。遠くで花火の音がした。うっすらと火薬の臭いが漂ってきた。寝つかれずに戸外で涼んでいるらしい隣人が、うちわで胸のあたりをだるそうに叩いていた。

私は机の上に新しい原稿用紙を拡げて二十歳前後の体験を書いた。その書評紙が募集したのはルポルタージュと読書感想文であった。私は前者をえらんだ。後者の入選者は月村敏行氏であったと思う。秋になって私は熊本に転勤していた叔父の家を訪ねた。ポケットには書評紙に掲載された私の文章を切抜いた一片をおさめて。

叔父は私の入選を喜んでくれた。しばらく世間話をした後で叔父はこれからどうするつもりだとたずねた。私の生活が叔父には気がかりだったのだ。私は言下に答えた。作家になる……一瞬、愕然とした叔父の表情が忘れられない。堅実な生活人である叔父にしてみれば、甥が作家を志望するということは目の前が暗くなる思いだったにちがいない。叔父は「うーん」といって畳の上に横たわり、天井を見つめたきり何もいわなかった。今になってそのときの叔父に同情することができる。当時の私はすこぶる屈託がなかった。

翌日、私は熊本城の近くにある繁華街へ自転車で出かけた。よく晴れた秋の日であった。繁華街は上通りと下通りがあって、古本屋が五、六軒かたまっているのは城に近い上通りの方である。「海の抒情」を買ったのは熊本書院という古本屋で、この店は老主人が三年後に亡くなってから閉店した。一代限りの古本屋というのは淋しいものだ。飾り窓に「道草」の初版本がうやうやしく収めてあったのを覚えている。老主人の背後には木版で刷ったアポリネールの詩が額に入れてかけてあった。

Ｅ・ブーバの写真集を手に入れた私は、もよりの喫茶店に入って一服した。やめていた煙草を、その頃また吸いだしたのも覚えている。ナザレ近辺のひなびた海岸風景は、ブーバのレンズを通すとこの上なく優しげに見えるのだった。老いた貧しい漁師、流木を拾う少年、網を曳く男女、帆船、長いローソクを手にしてミサに集う村人、海を前にしてむつまじく語りあう恋人たち。

私はいっときブーバと共にポルトガルの海岸をさまよった。〝ライラック〟というその喫茶店の名前まで覚えているのはどういうわけだろう。かなり昂奮したのは吸いなれない煙草をむやみにふかしたせいもあったと思う。初めて書いた文章が活字となったのだ。ガラス張りの喫茶店で私は例の切抜きを何度もポケットからとりだして読み返した。文章を書く苦しみなど、少しもわかってはいなかった。

＊＊＊

一枚の写真から

丘があり丘の上には壊れた建物がある。浦上天主堂の廃墟である。

私は一枚の写真を見ている。二十八年ぶりにアメリカから返還された原爆被災資料のうち、長崎の爆心地付近をとった写真である。画面の中央に廃墟をいただいた丘が写っている。この写真を見たとき私は名状しがたい懐かしさを覚えた。今、再建された天主堂近辺は昔にまして人家が立ち並び、被爆当時のありさまをうかがうすべもないが、この写真によれば丘のまわりは家々も草木も燃えつくして平べったくなっており裸になった土地の形状は細かく見てとれる。

私の目は丘の斜面にひきつけられた。天主堂廃墟の写真は何枚も見ているが、斜面の勾配を正しくとらえたものにはお目にかかったことがないので、今度初めて公開されたこの写真から目を離すことが出来なくなった。崩れ残った煉瓦壁の垂直となためて交わる稜線の角度は永久に消えてしまった。天主堂のある丘は、一部が削られ一部は土を盛られて高く石垣が築かれた結果、丘の勾配は微妙に変わってしまい、修復された天主堂は昔の雰囲気から遠い建物になったように感じられた。

このあたりは子供のころ、私の遊び場であった。私は二十八年を経て日本人の手に戻った写真によって、子供の私が親しんだ土地の映像と初めて再会したわけである。写真に写っている廃墟の丘は現在の丘とはまるで別の世界にそびえているように見える。歳月はすべてを変える。土地も建物も人間も。戦争があればなおさらのことだ。

二十年の春に私は長崎から諫早へ疎開した。長崎に暮らしたのは八年に満たないが、私は生まれ故郷であるこの土地に絶ちがたい愛着を持っている。記憶の中に生きている故郷のイメージは現実の長崎とくらべ全くとはいわないまでもかなりのずれがある。本当の意味で私の故郷といえる町はプルトニウム爆弾が一閃したとき消えうせてしまったのだ。やむをえないことだとは思いながら、私は少年時に自分のものであった世界を喪失したことに常日ごろ物足りない思いをしてきた。

広島で始まったことだが、被災地の町並みを一戸ずつ地図の上に復元する作業が長崎でも進められている。現実に存在しなくなった町々を乏しい生存者の証言を頼りに再現するのである。長崎での作業は爆心地付近の家々を四割がた復元したと聞いている。通りから通りをたどり、その家に住んでいた人の名を調べて地図に記入するだけである。（中村さんの隣は田中さんで、その前は馬場さん、いや馬場さんは疎開していて荒木さんがはいってたというふうに）。

復元作業は原爆症の基礎データつくりという一応の名目はあるらしいが、その深い意味は非業の死者をとむらうことにあると私は思っている。生者の魂も鎮められるのである。

私の場合、小説を書くということはどこかこの復元作業に似ているところがある。

「お前はなぜ小説を書くのか」という問いにはなかなかおいそれと即答できかねるものだ。自明のことのように思ってはいても他人にわかるように説明するのはむずかしい。何か心の奥深い所にひそむ力に動かされて書いているとしかいいようがない。暗黒の領域に属するその力は私に何を書かせようとしているのだろうか。

いくつかの作品を書くことによって私は少しずつ自分の目ざすものを明るみに出したと思う。きれぎれの断片を寄せ集めて過去のある時間を再構成してみること。たとえば私が失った町とそこですごした時間である。爆心地周辺の公園と住宅街を作品の中によみがえらせてみたい。死んだ隣人と級友たちがその町を歩くことになるだろう。

八月九日、疎開地の諫早で私は長崎の方角にまばゆい光がひらめくのを見た。やがて空が暗くなり血を流したような夕焼けがひろがった。夜に入っても長崎の空は明るかった。昭和十年前後に生まれた者はこうして少年時代の入り口で終末的世界とでもいうようなこの世界の破局を目撃したことになる。

私と同じ世代の作家たちは大なり小なり敗戦を魂のもっとも柔らかい部分に刻印していると思う。日常を描いても、その世界の小暗い片すみには飢えの記憶と硝煙のにおいが存在するはずだ。彼らは常に敗戦体験というフィルターを通してしか世界を見ない。ものを書くということは程度の差こそあれすべて過去の復元である。文章によって経験を再確認することだといいかえられるようである。その結果はっきりするのは、自分がどのような世界に位置しているかということだ。こうして過去のある時間を再現しながら現実には今の世界を生きていることになる。

地上から消えた私の故郷も記憶の中には鮮明に生きている。芸術とは記憶だ、と英国のある詩人が語っている。なんであれ絶ちがたい愛着というもののない所に小説が成立するはずはない。愛着とは私についていえば私の失ったもの全部ということになる。町、少年時代、家庭、友人たち。生きるということはこれらのものを絶えず失いつづけることのように思われてならない。

鳥・干潟・河口

有明海はソラマメの形をしている。地図ではそう見える。島原半島の北でその西半分が袋状にへこんでいて、諫早湾と呼ばれる。湾の奥に諫早の町がある。長崎と島原のほぼ中間に位置する。私の家は町はずれの川辺にあって家から川沿いに一時間も歩いて下れば河口へ達する。潮が引いたあとは見渡すかぎり干潟である。市街地から数キロ離れていて、漁船の往来もめずらしいので鳥には絶好の休息地となる。大陸から飛んで来た渡り鳥が翼を休めるのにいい。ひっそりとした干潟のあちこちで、動くものといえばムツゴロウを釣る漁師の他には魚貝をついばむ鳥ばかりだ。夏はシギ、冬はカモが多い。干潟は餌が豊富なのである。

禁猟になるまでは十一月ともなると河口一帯はカモ撃ちの銃声がしきりにとどろいたものだ。深い葦にハンター達は姿を隠してカモに近づき銃弾をあびせかける。枯葦に没した人の影は見えず、見えるものは怯えてさわぐ鳥の群のみである。

諫早に暮らして二十数年になろうとしている。長崎に生まれてそこに七年、京都、東京、北海道と移り住んだことはあるが、この地が一番長い。今年初めてまとめた二冊の作品集は全部、諫早で書いた小説をおさめたものだ。自分の町に対して特別な愛情を抱くいわれはないにしても、二十何年住んでいるとどうしても好悪相半ばした複雑な感情を持つことになる。

ものを書いて暮らしをたてるには東京がいいに決まっている。出版社との連絡、もの書き仲間とのつきあいもある。それに何といっても東京は一国の首都である。時代の推移も尖鋭な形であらわれるはずだ。

もの書きのなりわいに通じている人から、どうして東京に住まないのかときかれる。もっともな疑問だと思う。編集者は事あるごとに九州の片田舎くんだりへ出向くわけに参らぬから電話をかける。料金も少額ではすまないだろう。双方の便宜を考えても東京に居を移すのが妥当のようだ。

それがたやすく実現しないのは一に経済的理由である。上京することと新しい土地で作品を書くこととは別のような気がする。小説という厄介なしろものはその土地に数年間、根をおろして、土地の精霊のごときものと合体し、その加護によって産みだされるものと私は考えている。うまくいってもそれには四、五年かかりそうだ。新しい土地に移住してもその間は何もせずに精霊の出現を待たなければならない。かなりの貯えがいるのである。

諫早には長いから精霊とも今は馴染みの間柄になった。それは私に力を与えて二冊分の作品を書かせてくれた。土地の精霊とは何かということになる。説明は少しむずかしい。

精霊というからには曰くいい難いものであることは当然だ。雰囲気ともちがう、匂いともちがう。いわばその土地の歴史と風土と人間が溶けあった精粋とでもいうべきものを考えてもらいたい。一朝一夕では感じられないのだ。諫早についていえば河口周辺の干潟がある。葦原と沼沢地とそこへ流れこむ大小の川と、水に接する巨大な空がある。私の力の源泉である。

河口の湿地帯をぶらついて海を見るとき、私は「ここには何かがある」と思う。それが何であるかは即座にいえない。静かな空を映して流れる水の無垢そのものの光に私は惹かれる。灰褐色の干潟は太古からまったく変わらぬたたずまいだ。創世記を思わせる初源的な泥の輝きは朝な夕な眺めて飽きない。諫早を去るということは、この河口と別れることである。

「ここには何かがある」と感じて、その何かを十全に表現できないうちに諫早を去るのは後ろ髪引かれる思いだ。「何か」の一端でもつかめたらと思って私は海辺の一角を舞台に「鳥たちの河口」を書いた。自然に生じつつある変異と人間界の異常とを併行させて八十枚の短篇に書いた。それによって河口周辺の雰囲気がいくらかでも定着できたとしたらひとつの慰めだ。

どんな土地にも「何か」は存在するはずである。時間がたてばそれは見えてくる。あせらずに根をおろすことが肝要だ。先方は気が長いのである。

ある夏の日

こんなときだったな、と思う。たとえば日盛りの道を歩いて暗い影の領域から日なたへ出たとき、そう思う。にわかにまばゆくなる路面の白い照り返し。軽いめまい。たとえばまた、公園でぼんやりと蟬しぐれに聞き入っている。木立の奥から無心にたわむれる子供たちの声が聞こえてくる。木洩れ日が砂場に光と影の縞模様を織っている。大気は灼けた石と土のにおいがする。いつもと変わりがない静かな昼さがりである。

雲が日を翳らせる。その間は風が涼しく感じられる。木洩れ日もベンチの影も濃い輪郭を失う。しかしそれもつかのまのこと、地上はすぐに元通り明るい昼にかえる。何も起こりはしなかった。光と影の交代は目瞬《まばた》きする間に過ぎてしまうことで、よほど気をつけていなければそれが実際に起こったとは思われないようなありふれた一刻である。

あの瞬間も、ほとんどの死者たちにしてみればこんな具合だったのだな、と私は考える。あの夏、人々は長崎上空で一閃した光の正体を、それと知らないままに浴びたことだろう。

げんばくがおちると

ひるがよるになり
ひとはおばけになる

これは子供の詩というが、原爆についての数ある詩のなかでこれほど衝撃的な詩を私は知らない。この世こそ地獄なのだ、と作者はいっている。人間にはこの世界を地獄にする能力もある。真昼の静かな一刻に潜む恐怖を私は学んだ。それは忍び足で来る。思いがけないときにやってくる。どんなに荒々しい自然の力より猛々しい力で私たちに襲いかかり私たちを打ち滅ぼす。

もとをただせばその凶悪なエネルギーも人間の手によって創造されたものである。私たちを産みだした母胎である自然を破壊することによって。人間はだから広島と長崎が焼失した日に私たちの造り主である自然に臆面もなく挑戦状をつきつけたことになる。

その日、私は長崎の北東二十四キロの所にある諫早にいた。小学二年生であった。私が長崎から諫早へ疎開して五カ月たっていた。蟬とりか川遊びに行く途中であったと思う。ふいに町並みが異様な光の下で色を変えた。顔を上げると正面に白い光球が浮かんでいた。天空にもう一つの太陽が現れたかのようであった。どす黒い煙の上で、太陽は黄色い円盤にすぎなくなった。煙の下に火で縁取られた山の稜線が見えた。壮大な夕焼けが広がった。夕焼けは夜も消えなかった。

一つの都市というよりも一つの帝国がそのとき炎上していたのである。私は血の色に染まった西南の空をただ呆然とみつめる他はなかった。物を見るのにもいろいろな見方があるというが、そのなかには何事もなす術がなく、何も考えずに目をみはってみつめる、という見方もあるようである。

　楠本、村上、熊谷、長門、というのは長崎市の銭座小学校で一年間、机を並べた級友である。私はいまだに彼らの消息を聞かない。学校に問い合わせてみたところ、被爆時に学籍簿も焼けたから行方をたずねるすべがないということだった。新聞を通じて調べてみたが、今もって応答のないところをみれば、全員災厄をまぬがれなかったわけだ。あの日を境に彼らは死に、私は残った。私の人生も三十七年になろうとするが、とりたてて語るに足りない平凡な生活である。私の幼い級友たちも生きていたら、しかし平凡な生活のもたらす歓びを味わうことはできたはずであった。

　一つの影像がある。そしてその影像は私の記憶のなかで年とともに濃くなる。その人は曳いていたリヤカーを置いて、つと軒下に直立した。忌まわしいときを期してサイレンを鳴らすしきたりが長崎で始まったころ、私が目撃した光景である。質素な身なりをした六十代の男は脱いだ帽子を手にうなだれた。私はたちどころにその人を被爆者と見てしまった。あの日、家と家族の何人かをまがまがしい火で焼かれた父親と考えた。そう感じさせるふん囲気が老人にはあった。瞑目して黙禱している姿勢に、亡き人を悼む思いがおのずから滲み出て、傍観者にすぎない私をうつのであった。

　老人がたたずむ軒端で時間は停止し、空気さえ凝結するかのようだ。その人はよみがえった死者とそこで対話しているようにも思われた。サイレンは鳴りやみ、街は再びざわめきを回復した。

老人は段ボール紙を山積みしたリヤカーを重そうに曳いて去った。その後ろ姿が私のなかに消えない影像となって残った。

この四月、原爆症で亡くなった福田須磨子さんの家は長崎大学付属病院の下にある大きな青果問屋であった。小学一年のころ、大学病院に通った私は「浜口町中部坂本町上、中部配給所」と記した大きな看板を福田家の門口に見ている。岩川町から坂本町にかけては私の遊び場であった。福田さんの訃報に接した日、私は故人の手記である「われなお生きてあり」をひもといた。そこに生き生きと再現されている爆心地の風物はすべて私に親しい。三菱兵器製作所は私の家の前にあった。山王神社に隣組の防空ごうがあった。本書の冒頭に印象的な描写がある。八月九日の夜、西浦上水源地の上で作者は炎々と燃える山里小学校と浦上天主堂を見ている。コンクリートやレンガが焼けて時折さらさらと地に崩れ落ちる音が聞こえたという。その夜から二十九年たった今も、この音は続いているような気がする。それは私のなかで絶えず崩壊する世界のある物音とも聞こえるのである。

モクセイ地図

町あるきは街あるきでありたい。

町を辞書で引けば、商家の立ち並ぶにぎやかな通り、とある。街の字を当ててもいいだろう。人口七万あまりの小都市であるわが町にも二、三丁くらいは街らしい一角がある。そこを町でなく街と呼ぶときに覚える華やいだ気分が私にはすてがたい。

灯ともし頃にぶらりと外へ出てほっつき歩く。この土地に移り住んで三十年以上になるから、どこに何があるかは知り抜いている。

灯ともし頃といわず実はまっ昼間も、ときには深夜でさえも、思い立てばさっさと家を出て街を歩く。時間にとらわれないのが自由業のありがたさというものである。

私は自分の土地に関して何枚かの地図をこしらえあげた。

一枚はモクセイ地図と呼んでいる。

街のあちこちにあるモクセイの所在を示す地図である。ちゃんと紙に書きしるしているわけではない。私の脳裡にしかない紙に黄色い点を打つだけだ。ながいあいだ、一つの土地に暮していると、どの家の庭にどんな恰好のモクセイが枝をひろげているかは、おおよそ察しがつくようになった。

高い塀にさえぎられて見えなくても、秋になれば漂ってくる香りで自然にそれと知られる。これは隠しようがない。だからある角を折れるとき、前もって流れてくる匂いを秘かに期待していることがある。

せんだって所用のために一週間ほど上京した。帰省してもあわただしかった旅の時間がまだ続いている気がして、机に向っても落ち着かず、しょうことなしに街へ出ていつものように諸処方々をうろついてみた。街の雰囲気でなんとなく勝手がちがうと思ったのは、上京する前は路地の奥にあれほど濃くたちこめていたモクセイの匂いが、ふっつりと絶えてしまっていることだった。

流れてくるのは水のような秋風ばかり。たとえわずか七日間でも時間は時間である。私が自分の町を留守にしている間にも確実に時が経過したことを思わないわけにはゆかなかった。これはしごく当り前なことなのに、そしてもしかしたらそれゆえに、心のどこかがひやりとする。

もう一枚は水神地図と呼んでいる。

魚をわきにかかえた稚拙な石像が旧市街の路傍に見受けられる。花や菓子がそなえられているのを見ることもある。赤い布で前掛けをしている水神もある。もっとも皆が皆、手あつく祭られているわけではなくて、数多いなかにはうち捨てられてかえりみられない石像もありはする。

わが街は大小の川で区切られ海にも近い。ひと雨ごとに洪水が街を水びたしにすることは珍しくなかった。昔から諫早には流れ町の異名があった。おびただしく散在する石像はかつてのむごたらしい災害のしるしでもあり、また土地の人々のふるい信仰を示すものでもある。水神は水難よけに霊験があるとされた。石像は川沿いの土地だけにあるとはかぎらない。高台にも見出すことがある。

街あるきのたびに新しい水神像を思いがけない場所に発見するのが愉しみだ。ともすれば見おとしがちな掘割の傍や道路から引っこんだ木かげにそれらはひっそりとうずくまっている。そのつど私は頭のなかに地図をひろげて一つの黒点をつけ加える。かたちは大小さまざまで出来栄えも巧拙とりどり、作られた年代にはかなりの幅があるようだ。

ふるい信仰といま私はいったけれども、水神を石で刻んだ昔の人々にあったものは、信仰と共に土地に対する愛であったといえないだろうか。

ものの本によると、水神（水天）は筑後川の守護神で、由来は遠くインドにまでさかのぼるといわれる。久留米市にある水天宮は全国に散らばる水天宮の総本社で、主祭神は安徳天皇とその生母である建礼門院および外祖母、平時子で、ほかに天御中主神を合祀するそうである。

これらの神々は合戦が行なわれた一つの海峡からはるばる肥前の田舎町まで時間と空間をこえて旅して来たのだ。

半ば泥に埋れた水神像が水にさかさまの影を投げている。その頭を白雲がかすめて過ぎる。秋の終りには水がこの上なく澄みきって見えるのはどうしたわけだろう。掘割や池だけが澄んで見えるのではなくて、一個の器も水を満たしさえすれば深々とした感じを与える。道ばたで苔むしている石像もいわれをたどれば壇の浦で入水した幼帝にゆきつくことがわかった。

水中に身を横たえている高貴な死者というイメージには慰めがある。よどんだ沼ではなくて、激しい潮流がゆきかう海底であるところに私の想像力を刺戟するものがあるようだ。水は優しい。水は常に現在である。

私は街のたたずまいを心得きっているといってもいい。もともと代りばえのしない小さな城下町だから毎日うろついていると、そらで街並を地図に描くことができるまでになる。A薬局のとなりはE洋品店で、その向いにSという喫茶店があり、同じ並びにJ履物店がある、というふうに。それでも気をつければ、日々なにがしかの変化が見られないこともない。夏のさかりにはいつも派手なシャツを着ていた紳士服店の老主人が、この頃は地味なシャツを身につけるようになった。それを認めたときなんとなく私は新幹線の車窓から、遠方に望見したススキを思い出した。

列車に並行した丘の頂でそよいでいたススキが夕日を浴びて白く輝くのを見て胸をつかれた。あれは沼津の辺りを過ぎた頃ではなかったろうか。

川沿いの町で

わが家は川沿いの町にある。大川に流れこむ水のほとりである。町には運河とも掘割ともつかない大小の支流が入り乱れているので、暇にまかせて町を散歩する私の足もとにはいつも微かながら水の音がつきまとうことになる。

その石垣は堤防の一部である。流れに面した方は最近、新しく護岸工事がほどこされたが、道路がわはそっくり残されている。灰色がかった緑の苔むした安山岩で、いい色をしている。かなり昔に築かれた石垣と見えて、不揃いの石を重ねた積み方にも長い歳月のあとが現われている。川下にある静かな町の一角である。このあたりはかつて漁師町であった。

かといって石垣はわが家の近くにあり、ふだん散歩をする道筋に面しているから、とりたてて珍しいわけではない。ただの石垣である。しかし、私の目は自然に惹きつけられる。そこに崩れ残った石垣を見出すと、心がなごむ。ほっとする。

とりわけ雨あがりの午後、にわかに日が射すと濡れた苔が金色に輝くときがあって、思わず立ちどまってしまう。私の町でも古い家がとりこわされ新建材の家がたち、川も埋立てられて駐車場に変ることが多い。

そういう情景に出くわすと何となくこの石垣のことを思い出す。まだ大丈夫、と思ってしまう。何が大丈夫なのかは自分でもよく分からないが、年経た石垣が示す歳月の痕は私には一つの拠り所となっている。

石垣の前に小さな八百屋がある。タバコ屋をかねている。塩も売っている。野菜果物も豊富にとりそろえてあるし、罐詰類、コーラ、ジュース、みそ、しょう油の他にちり紙、マッチ、煎餅、ヨーカン等もある。野菜の横に赤貝やカキが並べてあることもある。ひところはノートや鉛筆もあった。メザシや塩サバも土間に置かれた木箱に入れてある。近隣の野良ネコどもがすきあらばくわえて逃げようと店先をうろついている。その日のおこづかいである銅貨を握りしめて、子供たちがばたばたと駆けて行き、おやつを物色しているのは毎日の情景である。「どれにしようかな」。軒の低い小さな八百屋である。

間口がせまく、奥行きもそう深くないので、野菜や果物などが高々と積まれると、豊饒そのものであるかのごとき食物がぎっしりと充満して、みるからにたのもしい感じである。町の八百屋はこうでなくてはならない。町の住民どころか全人類の胃を賄えそうだ。

朝は早いし夜もおそくまであいている。私が散歩に出かけるときは、店のおばさんはお出かけですか、と声をかけてくれる。勤めを持たない私はどこにも出かけるのではない。そういわれると、どこかに目的地があって出かけるような気になってくる。恐縮するいっぽう、いい仕事をしなければ、と思う。

　帰って来るとおばさんはお帰りなさいという。こういう店がすくなくなった。昔は一つの町に必ず一軒はあったものだ。日に日に町々から姿を消してゆくようだ。去年、私は夏から秋にかけて有明海周辺の土地を探訪したが、どんなに辺ぴな田舎へ行ってもスーパーマーケットばかりで、そのスーパーが申し合わせたようにけばけばしい原色のペンキを塗りたくった安手な造りなのだった。どの店にも店内には流行歌が流れ、棚にはパックした食品が並べてあり退屈そうな顔付きの従業員がレジの前にいる。スーパー形式にしなければ人件費や諸経費の上がった当今、食品店は採算がとれないのである。そしてスーパーは台所に直結する品物を売る所であるのに生活のにおいがない。


　早朝、私が散歩がてらにのぞくと、八百屋のおばさんは大根を洗ったり、白菜の山を具合いよく積み上げたりしている。すがすがしい思いを味わう。たしかに生活がここにはあると感じられる。いずれそのうちにはスーパーとの競争に敗れて店をとざすことになるとしても今はあるじが甲斐がいしく店を切り回していて商売は繁盛しているように見える。まだ大丈夫、と私は秘かにつぶやくのだ。

　じっとみつめているとホウレンソウの束からは光が射している。ホウレンソウに限らず磨かれたリンゴもカキもキャベツも、軒下にうずたかく積まれたありとあらゆる野菜果物類が透明な光を放つように見えてくる。生命の光である。冬は六時といえばもう夜である。明りをともしたその八百屋のながめがまたいい。下町のこととて両隣は暗い。界隈は戸をしめてひっそりと静まりかえっている。

電球に照らされた果実が罐詰のラベルが目もまばゆいばかりに輝く。せまい店内に赤や緑が氾濫し、光の波は道路にまであふれ出す。暗い道を抜けてこの八百屋へさしかかると、まぶしさに目を細めてしまう。ちっぽけな店がまるで豪華なオペラの舞台に一変したかのようだ。

ところが朝になっても野菜や果物の輝きは薄れはしない。ここに至って初めて私は気づく。夜、この店の果実類が照りわたっているのは、電球の光を反射しているだけではなくて、もともとこれらの果実には核に当る所に一つの光源があり、そこから透明な光が滲み出ているのだ。

昼どきともなれば近所のかみさん達がおかずを買いに三々五々つめかけてくる。店は立錐の余地もなくなる。野良ネコがどさくさまぎれにえさを手に入れるのはこのときだ。店のあるじは客の応対で忙しく土間の魚箱まで見張るわけにはゆかない。一匹の野良ネコが干魚をくわえてとび出して来る。その後から数匹の野良ネコが駆け出す。獲物をくわえた先頭のネコ、それはよく見ればわが家の三毛だ。

グラナダの水

諫早から長崎へ向う国道のほぼ中間、古賀という土地をすぎたあたりで北へ折れ、渓流に沿うて山中深く分け入ると、谷の行きどまりに黄檗宗の寺がある。

私はそこでD神父と会った。

スペイン人のイエズス会士である。初対面であった。私はいくらか先に着いてD神父を待っていた。寺の両側は高い崖で、境内の裏で谷は深くなり滝壺となって終っている。水の音が木立をゆるがした。水の音を圧するほどに蟬もかまびすしくないた。

やがて数人の散策者にまじって黒っぽい身なりをした長身の男が境内の石仏などに目をとめながらぶらぶらと近づいて来た。異邦人は体つきや歩き方で、遠くからもすぐそれとわかるものなのだが、D神父はまぢかに確かめるまでは見分けられなかった。雰囲気も挙動も日本人とさほど変らないのである。

ある人がD神父に会いに住居を訪ねたところ、それらしい人物は居なかったといって帰って来たことがあった。二十六聖人記念館の館長にふさわしいスペイン人を予想していたので、D神父を認めたにもかかわらず日本人とまちがえたのだ。私はこのエピソードを聞いたとき実は本気にできなかったのだが、目のあたりに向いあって、なるほどと思った。来日したのは昭和二十三年という。日本という風土にとけこんで暮すうちに、外国人らしさが薄れてしまったのだろう、と私は想像した。日本語も流暢である。五十四歳という年齢よりずっと若く見える。

滝のそばで私はD神父の話をきいた。

古賀は昔諫早領であった。中世から近世にかけての諫早の歴史を調べている私には、日本キリシタン史にくわしいD神父の話がことのほか興味深かった。その分野の著書をD神父はすでに七冊以上、日本語でものしている。布教を許した大村、有馬氏と異なって、当時の諫早領主西郷氏は宣教師たちにいい顔をしなかった。現代でも長崎県内で寺がもっとも多いのは諫早である。

十六世紀に長崎へ来たスペインの宣教師たちは、土地のセミナリオで少年たちにラテン語や音楽などを教授したのだが、他にもヨーロッパのさまざまな手芸を伝えた。ガラス絵もそのひとつである。後世の禁教と迫害で、当時の作品は残っていない。記念館の館長としていかにも残念でならないので、先年、スペインへ帰国した折り、これを手に入れた、とD神父は二個のメダルのようなものを見せてくれた。

幅三センチ長さ四センチあまりの楕円形のメダルである。枠には精巧な銀の縁飾りがついている。はめこまれたガラスの内側に、聖人やマリアの絵が描いてあった。十六世紀長崎の少年信徒たちが描いていたガラス絵の意匠もこのような絵に近いものであったろう、とD神父はいった。

スペインの古道具屋で探しだしたのか、と私が訊くと、彼の地でもこの頃は観光客がたくさん押しかけるのでこんな時代物は手に入りにくい、知友を通じてやっと求めることができた、ある旧家で大事にされていた品だ、というのが答であった。そういってD神父は二個のメダルを大事そうにケースにしまった。メダルには上端に環がある。ペンダントとしてスペインの婦人が首にかけていたのかもしれない。絵には古拙な味わいがあった。

フロイスの文章に、長崎近傍のコンガという村で宣教師たちがすごしたという件りがある。そこは人里離れた山中で、高さ二十メートル余の絶壁から水が落ちる所だったそうである。フロイスのいうことを信ずれば、長崎近傍のコンガとは、古賀のこの山中であろう、とD神父はメダルをさすりながら語った。当時、日本へ渡ったスペイン人宣教師たちはアラビアに源を発する神秘思想家の一群で、ことさらに水を好んだ、水のほとりで思いにふけるならわしを持っていた。

この寺が建てられる以前にも、禅宗の僧侶たちは滝の近くに庵を結んでいたそうだから、西も東も僧たちが瞑想するためにえらんだ場所は一致したことになる。D神父はそういって微笑した。暑い日であった。話がとぎれると水の音が強く耳を打った。スペインの夏を私は尋ねた。自分が生れたセビリア地方は四十度を越えることがある。湿気が少いから日かげは涼しい、とD神父はいい、かたわらの木立に覆われた渓谷を見やって、ここにいるとグラナダを思い出す、と呟いた。その郊外に森があり、森の奥に川が流れている。深い森ゆえ川は水の音で知られるだけである。グラナダ生れの詩人がその川をうたった。「泣いている隠れた水」。私はスペイン語でその詩句を語ってもらった。

蟬の声と滝の音が高くて、私は何度かその詩をきき返さなければならなかった。

土との感応

列車で旅行をするとき、車窓から外を眺めていて、わたしはいつとはなしに沿線の土に気をとられている。土の色に、である。

街はどこへ行っても似たようなものだが、土は違う。地方によってさまざまな色合いを持つのである。大阪近郊の白っぽい土、東海道沿線の赤褐色の土、北陸のあれはなんという駅を過ぎたあたりだったか、そこで見た黄土めいた土。風土によって土の色はそれぞれ微妙に変化する。とくに北海道石狩地方の火山灰がつもって出来た黒っぽい砂鉄色の土は印象に深い。九州から長い旅行をしてそこへ行き着いたときは、土の色を目にしてはるばる遠くへ来たものだと思った。さながら異国という感じである。

同じ土の黒さでもこれが九州は肥前佐賀あたりの土の色とくらべると、石狩原野の荒涼とした黒さと違って後者は砂鉄色というより藁を燃やした灰の色に近い。焦げ茶の艶を帯びていかにも長い年月、肥料をほどこされ、人間の手で深く耕され来た色合いを呈しているように見える。人膚のように温かい感じなのだ。

筑紫平野から筑後川へ沿う地域に列車が入ると、九州へ帰って来たという実感が湧いて来る。自分の故郷へ戻って来た、と思う。なんとなく心が安らぐのである。土の色までそう感じさせる。わたしの一家は昭和二十年、敗戦の年、長崎市から諫早市へ疎開してそこで百姓を始めた。雑木林を切り拓いて畑にした。笹を刈り、その根を掘り起こして拓いた畑もあった。いずれも農耕には適さない荒地である。土の色が血のように赤いのは酸性であるしるしだ。つくる作物はそのような土地ゆえ限られてくる。

いったいに諫早という土地がらは玄武岩、安山岩を主体にしてそれが風化した重粘土で成っている。雨が降ればねばっこくなり、乾けば石のように固くなる。冬でさえも畑の赤土に青々と雑草がはびこり、引き抜こうにもびっしりと根を張っているので、ずいぶんとしんどい思いをしたものだ。すぐ隣の島原であれば土質も黒っぽい火山灰土になるので、白菜、キュウリ、トマトなどのような野菜が栽培される。種子を播けば早急に取り入れられる種類である。

諫早の土はひと筋なわではいかない。どちらかといえば養分の乏しい痩せた土である。しかし、そういう土にもそれにふさわしい作物はあるわけだ。人参、馬鈴薯、さつま芋、生姜、玉葱、里芋、にんにくなどのように、土中で育つ塊茎類にいいものがとれる。キャベツなんかは三、四カ月で収穫できるのだが、にんにくは半年かかる。地下でふとくなる作物は長い時間が必要なのだ。

諫早に限らず長崎の土に成育した作物は、玉葱にしても馬鈴薯にしても中身が緻密に詰まり、水気を余分に含まないために永持ちし、目減りがせず、日照りに強い。とくに人参の種子は発芽力が旺盛な点を買われて全国に出荷されているという。土が産みだしたこのような食物を餌に与えられる豚もまたぶどまりの良い肉がとれることになる。五島の牛といえば有名だが、それは爪が丈夫で肉が締まっていて病気に強いということなのである。

農作物も家畜もすべて土から生まれる。人間もまた土から生まれ土に生き土に帰る。聖書にいわれる通りである。

わたしの一家はやがて借りていた土地を地主に返さなければならない羽目になり、百姓をやめて父は元の給料取りに戻ったが、わたしが土を耕した思い出はいつまでも残った。今も消えない。懐かしいと一言で片づけられない痛切な一種の感傷のごときものである。土を掘り起こし、それを砕いて崩し、細かく均し、畝を立てる。何物にもかえ難い経験である。

夏の日も、太陽が沈めば土はしだいに冷えて来る。わたしは素足で畑仕事をしていた。鍬で耕して柔らかくした土が昼の熱さを失ってだんだん冷たくなって来る。その土の冷気が足裏の皮膚に伝わる。

夕方の薄闇が地上におりてくるにつれて、土もまたしっとりとしたうるおいを帯びる。そうしたひとときがわたしは好きだった。鍬の刃にこびりついた泥を川で洗っていると、丘裾に拡がる諫早の町に点々と明かりがともり始める。畑仕事の疲れと同時にいうにいわれぬ内心の充実を覚えるのはそんな頃である。幸福という言葉のあることをその当時、九歳であったわたしが知っていたら、自分は紛れもなくそのとき幸福だと自覚したことだろう。

小説というものも、畢竟、土に根ざし土にはぐくまれるものである。わたしは両足でつねに土を踏まえていたい。子供のころ覚えた充実感というのは、つまるところ大地の奥深い所から湧き出た土の霊の如きものとの感応に他ならないからである。

「筑紫よ、かく呼ばへば」

東京から列車で九州へ帰って来て、筑後平野へさしかかったあたりから、自分の故郷へ戻り着いたという実感を覚える。

光の色がちがうのである。肌に触れる空気のしっとりとした潤いも、有明海周辺でなくては感じられないものであるような気がする。わたしにはそう思える。車窓から干潟が見え隠れするようになると、この感じはますます強くなる。

灰と銀色を主調に濃淡の茶褐色が入りまじって縞模様を織りなした軟らかい泥の拡がりを目にすると、知らず知らず溜息を洩らす。とうとう帰って来たんだな、と思う。自分の土地である。短い旅行においてさえそうである。

諫早は三つの半島のつけ根にあたり、三つの海に接している。それぞれ性格を異にする三つの海に囲まれた小さな地峡部の城下町である。わたしはこれまで刊行した三冊の本におさめた作品のかずかずを全部この町で書いた。諫早に住まなかったなら、これらの小説が書けたかどうか疑わしい。物語というものはそれを産み出す風土を作者が憎んでいては成立しないものだ。わたしは諫早という土地を、こういう言葉を使って良ければ、愛している。美しい町であると思っている。町を歩けば海の匂いがするからだ。いつも町には三つの海から、微かな潮の匂いを含んだ風が流れこんで来る。外洋の水に洗われる千々石湾の風、その底質土に泥を含まない清浄な大村湾の風、干潟をわたって吹く有明海の風。

とりわけわたしは有明海の風を好む。わたしの借家は本明川下流にあり、川沿いに堤防を下れば有明海の一部である諫早湾に出る。この河口を舞台にわたしはかつて、「鳥たちの河口」という小説を書いた。瀕死の渡り鳥と死滅寸前の海に捧げる挽歌のつもりであった、といえばいささかキザないい方になるだろう。河口の雰囲気はわたしに小説を書かせる力の源泉である。潮がひけば水の下から現れる干潟、潮が満てばその上に拡がる鏡のような海、海の上を群れ飛ぶ筑紫真鴨、シギ、チドリの巣である葦のしげみ。河口にたたずむごとにわたしは生活の疲れが癒え、再び自分の人生を生きようという思いを新たにする。水と泥と鳥と草原を眺め、空からそこに降りそそぐ始源的な光を浴びると、わたしは自分の内にある何物かが再生する感覚を味わう。河口だけでなく有明海そのものがわたしを活気づける力の源である。

「筑紫よ、かく呼ばへば、恋ほしよ潮の落差……」と歌った北原白秋は柳川の人であった。

このとき、詩人が呼びかけているのは「筑紫」という限られた地域ではないはずである。「鳥たちの河口」という小説を書いたとき、わたしは南総開発計画という名で呼ばれる諫早湾干拓に賛成する人からこういわれた。

「ダイシャクシギの十羽や二十羽が死んだけんちゅうて、そいが何か、シャミセン貝が居らんごつなってもわしらはどぎゃんも（どうも）なか、カモの来んごとなれば、ノリヒビば喰い荒すこともなかけん、かえってうれしかたい、魚よか（より）鳥よか貝よか結局、人間が一番大事かとばい」。一見もっともな意見に聞こえる。これを聞いて深くうなずく人も多いだろう。

そうなのだ、結局一番大事なのは人間なのだ。結論についてだけいえばわたしも同感である。しかし考えてもらいたい。カモがやって来るのは干潟にすむ魚貝をあさるためである。魚貝類が繁殖できるという干潟の特性がとりもなおさずノリ養殖を可能にするのだ。干潟の細かい泥粒は表面積が大きく、おびただしい藻類をくっつけているから、光合成によって酸素を発生させ、バクテリアの活動を助ける。大気を清め水質を浄化しているのである。諫早の緑が長崎や佐世保のくすんだ緑とくらべて、見た目にすがすがしい色艶を帯びているのは、三つの海がかかえた広大な干潟のせいでもあるだろう。自然は小さな鎖でつながった大きい輪のような物ではないだろうか。どれ一つとして、人間が勝手に取りはずしていいというものではない。干潟も鳥も魚貝も、固有の役割を果たしているので、その内の何かを破壊するとそのまま生態系という連環の消失につながる。わたしは今ありふれた常識を語っているつもりだ。現在、大都会に住んでいるのはネズミとゴキブリと人間だけといわれる。

環境破壊が進めば、田舎の自然も、いつかはネズミとゴキブリどもの世界になる危険性がある。文学はつまるところ人間について書くものだ。人間の宿命を問題にし追究する作業とわたしは理解している。

宿命とは、人が生まれながらに負うているもの、額に刻印されたカインの徴のごときものである。いってみれば彼自身の内在的な本質である。それに対して公害とは外にあるものであり、人間の宿命とはなりがたい。個人にとって外在的なものは、文学の主題にはなり得ないとわたしは考え、それを今まで人に語って来もしたのだが、どうやらその考えを変えなければならなくなったようだ。

人間も自然の一部であれば、環境破壊がただ今のように破壊的な速さで進んでいるとき、もの書きだけが個人の宿命のみにこだわって安閑としていることは出来ない相談である。

「筑紫よ……」という言葉で、白秋が呼びかけたのは、有明海そのものであったのだろう。

「筑紫よ、かく呼ばへば
　恋ほしよ潮の落差
　火照《ほでり》沁《し》む夕日の潟……」

「筑紫よ」とは、はたして有明海だけに対する呼びかけであろうか。わたしには、「世界」の総体を意味している言葉のように聞こえるのである。

シルクスクリーン

週にすくなくとも一度は長崎へ息ぬきに出かけるとは前に書いた。長崎はいわば私にとって一つの異国だった。港をのぞむ丘の中腹に建てられた明治時代の木造洋館群や石畳道をスケッチしていると、日が終るのは早かった。観光客がおとずれる南山手のエキゾティックな一廓と接して十人町というこれも丘の斜面を埋めつくしている町がある。旅行者は十人町の方へはめったに足をのばさない。ただ小さな家がひしめいているだけの、見ようによってはカスバを思わせる町である。

私は南山手よりもどちらかといえば十人町一帯の迷路に似た路次をぶらつくのが好きだった。やわらかい灰褐色の砂岩をしきつめた細長い石畳道は不規則にまがりくねっていて、私を思いがけない場所へみちびいた。そのころ、若者のつねとして時間だけはたっぷりあったから、小半日を迷路の探検にあてることもできた。石畳道はすれちがうおり、体をななめにしなければならないほど狭かった。家々の内部はまる見えで、食卓を囲んでいる家族の向うがわに港がのぞかれた。夏はどの家も戸障子をあけ放ってしまう。

古い家々にまざってもっと古い家があった。木造二階建の洋館はこの一帯にも残っていた。石畳道のつきあたりに錆びた鉄門があり、そこをくぐりぬけると荒れた庭園が私を迎えた。鎧扉は窓からはずれて草に埋れており、人が住んでいないのは明らかだった。かつては空色に塗られたペンキが歳月で色褪せ、灰色のかさぶた状にふくれあがって建物の外観をみにくくした。私はツタのからまるバルコニイに腰をおろし、古本屋で買った薄い文庫本を読んだ。J・グリーンの「閉ざされた庭」は、こうした場所でひろげるのにうってつけと思われた。こわれた煉瓦塀の向うに立ちならぶ家から油の煮える匂いが漂ってくるのには少し閉口したけれども。

夕日が港口の海面を燃えたたせて沈むころ、私は丘を下って長崎のにぎやかな町へ向った。ゆきつけの喫茶店が三軒ほどあった。後年、佐多稲子さんが「樹影」を書いたとき、モデルとした主人公が経営する小さな喫茶店が銅座川の近くにあった。姉妹のように見える中年の女性が店をきりまわしていて、いつ行っても混んでいることはなかった。私が「南風」というその店の常連になったのは、壁にクラーヴェの複製がかかっていたからだ。クラーヴェの絵が私は好きだった。女主人は私の気持を察したらしく、ある日、額からとり出してゆずってくれた。よほど物ほしげに見えたのだろうか。私は恐縮するほかなかった。もう一軒は思案橋電停の近くにあるRという店で、カギ形に折れまがった妙な造りだった。ジャズからクラシックまで四千枚のレコードが揃えてあり、客の注文に応じてかけた。利用者はおもに大学生であった。レジの係もアルバイトの女子大生らしく、これはおそろしく不愛想だった。店の常連らしい画家が十数点の絵を壁に飾っていた。シルクスクリーンという技法は当時めずらしかった。ひとめでクレーの模倣とわかったが、小味な出来は悪くなかった。作者が常連の若い画家であることはウェイトレスが教えてくれたのだ。黒と褐色と赤を基調にした幻想的なトーンであった。店内は学生たちで一杯だった。もしかしたらこの中に絵の作者がいるかもしれないと私は考えた。ウェイトレスによれば絵を飾るかわりに当人のコーヒー代は無料となってるそうだから。絵は一点も売れたことがないと聞いた。

私はその日の午後をすごした洋館の廃屋を思い出し、若い画家が売れない絵を制作する場所としてうってつけであるような気がした。

諫早市立図書館

私は市立図書館で小説の勉強をした。十年ほど前のことである。今は五階建の現代ふうな商工会議所がたっている所はかつて木造二階建のペンキも剥げかけた古い建物があった。そこが諫早の市立図書館にあてられていた。その前は警察署で、私が高校生であった当時は郵便局だったような気がする。明治か大正の初めにでも建てられたらしい老朽建築でちょっと強い風が吹けば音もなく倒れるのではないかとひやひやした。警察署と郵便局がしかるべき建物におさまってから無用の長物である市立図書館があちこちの建物を放浪したあげく、ここに落着いたわけである。わが家では書く気になれず、辞書や参考書をひくのにも便利であったから私はほぼ毎日図書館にかよった。建物の由緒が由緒だから、一階にも二階にも小部屋が沢山あり、こっそりと一人でものを書くのに良かった。小説を書く勉強などしていると人に告げる気にはどうしてもなれなかった。九時開館と同時に書棚からもっともらしい書物を借り出し、二階へ上った。広辞苑の他に「世界大思想全集」などというのを借りるのがきまりであった。閲覧票を見た館長さんが「トマス・アキナスとウパニシャッド聖典の次にカントと論語というのは一体あなたは何を勉強しているんですか」と不思議がった。カントだろうとパスカルだろうと私にしてみれば隣に坐る閲覧者に原稿用紙が見えない衝立になりさえするものなら何でも良かったのである。大思想全集というのは揃ってどれも分厚い。学問好きの館長さんは、ヘーゲルを研究する前にカントを、いやそれ以前にデカルトを、と助言してくれた。好意はかたじけなかったが、小説のことで頭がいっぱいになっている私は世界の大思想にいささかの興味もなかった。しかし受験学生ではあるまいし、本を借り出さずに原稿用紙だけ持って図書館の机を占領するのは気がひけた。それで毎日、手当りしだいに本を借りた。

「もうプラトンを読んでしまって、きょうはモンテスキューですか」

館長さんは呆れ返った。しかし朝に道をきけば夕に死すとも可なりです、私はぬけぬけとホラを吹くほど面の皮が厚かった。書くのに疲れると、モンテスキューやマルクスを両手にかかえ上げて運動に専念した。K社の「資本論」よりT社の「資本論」が重かった。本を上げたり下げたりしていると肩の凝りもほぐれる。「世界大思想全集」は衝立がわりにもバーベルにもなるのだった。マルクスよ、許せ。

図書館の近くに映画館があり、そこから繰り返し聞えてくるのは「オリンピック音頭」とかいう歌であった。東京でオリンピックが開催された年、諫早市立図書館における図書閲覧者の統計は「思想」の部が飛躍的に増大したはずである。一カ月で百冊あまり私は借り出したから。一年に一冊か二冊しか読まれない種類の書物ばかりだ。お前の作品には思想がないなどと批評されるとき私はなんとなくあの分厚い本のことを思いうかべる。

友達

Yという友人がいる。

高校時代からのつきあいである。Yは美術部とラグビー部の長をかねていた。私が一年生で美術部にはいったとき、彼が三年であった。たった二歳でも、その頃の年齢差は絶対である。今も頭があがらない。

Yは大学を出ていくつかの職を転々とし、現在は東京近辺の県立高校で絵を教えている。五冊ある私の著書のうち四冊はYの装釘である。私は彼の絵が気に入っている。お世辞にもうまいとはいえないが、素朴で野性的な味わいがある。

Yが大学を卒業して就職したかと思えば失職し、しばらく諫早に帰って思い屈した日々をすごしていた頃のことである。思い屈しているのは私とて同じで、早速、Yの家へ押しかけて詩や小説の話をした。私は二十歳をいくらも出ていなかった。アルベレスというフランスの批評家が書いた本に、恋愛は恩寵である、という一節があり、文学青年であった私は手もなくこのくだりに参った。

今なら「かっこいい」と叫ぶところである。諫早のような地方都市において二十歳そこそこという若い身空で、語るべき知友を持たず、気楽につきあえる女友達も居ないとなると、アルベレスの恋愛恩寵説もひとしお身につまされるのだった。殺し文句もいいところである。だからYにこのことをいえば、彼もなるほどと感心してくれると私は思った。ところが聞くやいなやYはけたたましく笑い出した。「へえ、アルベレスがね、恩寵だと？　おおかた、奴は女にふられてばかり居たのだろうよ」というのがYの答えだった。

私はがっかりすると同時に、今まで有り難がっていたアルベレスのいかにももっともらしい表現がみるみる相対化されるのを知った。またその時はじめて私はアルベレスの真意をつかんだような気にもなった。

別の日、木枯しが吹きつのる晩であったと思う。外で私を呼ぶ声がした。Yが立っていた。彼は井伏鱒二の「かるさん屋敷」を読んで感激したあまり家にじっとしていられなくなり私の所へ来たのだといった。私は読んでいなかった。肩を並べて暗い夜道を歩きながらYは「かるさん屋敷」を話してきかせた。あらすじをかいつまんで説明し、要領よく要所要所は井伏鱒二の文体そのままの口調で描写してみせた。

感動というものは伝染するらしい。Yが語った小説に私はすっかり心を動かされた。「かるさん屋敷」を再読するたびに私はあの晩のYを思い出す。何かに憑かれたような眼光、飢えた獅子のように荒々しい身振り。二月の寒さなどお互いに物ともしなかった。小説を独りで勉強するのは不可能といえるのではないかと私は思っている。私はYという男の肉体を通じて文学が何であるかを学んだような気がしてならない。

部長のYが、美術部の他にラグビー部、国語部、音楽部とかけ持ちしていたように、一人で二つ以上のクラブに加入している上級生は少なくなかった。U子もその一人である。三年生のU子と一年生の私とはせいぜい二歳しか齢のひらきはなかったはずだが、実際ははるかに年長に思われた。U子は文学部のメンバーであった。当時は大陸からの引揚げ者が多かったから、三年生といっても一、二年齢かさという生徒は珍しくなかった。

U子は大柄で色が白く、整った顔立の持ち主で、自分でもそれを意識していた。部員でありながら絵はあまり描かず、もっぱら私たちがするデッサンのモデルになった。私は文学部が出している雑誌にのったU子の小説を読んだことがあった。美術部室に置き忘れたしろものである。感じやすい自我をもてあましている少女のモノローグといった印象で、あまり面白くなかった。

U子は強度の近眼らしく、人を見るとき目を細める癖があった。もっとも、それは相手が男生徒である場合にかぎられてはいたが。目を細くしてじっとU子からみつめられると、私はなんとなく落着かなかった。「U子の目、あれは困るよな」とRがぼやいた所をみると、私だけがそうだったのではないと思う。

学校が定めた制服はあったけれども、私服を着ていても咎められることはなかった。しかしU子はいつもセーラー服をつけていて、その服がU子に少しも似合わなかった。部室にU子が一人いるだけで、女の体臭が鼻をつくように感じられた。他の女生徒なら何人いてもそんなことはなかった。モデルとして椅子に腰をおろしたU子は、長崎市まで見に行った映画「ミラノの奇蹟」は良かったとか、ネオ・リアリズモの話などをした。リアリズムではないかとある生徒が口をはさむと、目を光らせてイタリア語ではリアリズモというのだと軽蔑した口ぶりでやりこめた。その男生徒は恐縮した。U子は〝新潮〟を手の中で丸めたりのばしたりしながら、ラディゲの心理描写をしのぐ作家はいないとか、傑作が自分に書けたらいつ死んでもいいとかしゃべった。

「人生に奇蹟というものは一度くらいは起るものなの。あたしそれを信じてるわ」

とU子は断言した。私はU子があまりにも強い口調で奇蹟を口にするので、U子が奇蹟を信じていないのではないかと思った。ひっきりなしにしゃべるのが難であるという点を除けば、U子はいいモデルだった。私たちは適当にあいづちを打ってせっせとデッサンした。酔っ払って部室で放歌高吟したあげく裸踊りまで仕出かす美術部は、良家の子女からかなりいかがわしい連中のたむろしている所と見られており、モデルになってくれという誘いにたやすく応じてくれなかった。

二時間以上も椅子にすわらせられ、餡パン一ヶが報酬では引合わないのが当然である。その餡パンも私たちの懐中が乏しいときには進呈できなかった。U子のおしゃべり程度は我慢しなければならなかった。ある日、部員の一人が、城址のある山の林でU子を目撃したと報告した。文学部のある生徒とけしからぬ振舞いに及んでいたという。「何事も経験だからな」とRが心得顔にいった。U子の口癖でもあった。経験がなければいい小説は書けないといつもU子はいい張っていた。私は小説を書くためにそんなことをしているのか、相手を好きで林の奥へ行ったのかと思案にくれた。それから十五年ほどたって、私は街で二人の子供をつれたU子とすれちがった。市場へ買い物に行く途中だといった。すっかりふとって昔日の美少女の面影はなかったが、いかにも幸福な家庭の主婦のように見えた。U子の身の上に起った奇蹟について私は考えた。

*
*
*
*

夕暮の緑の光

人はみな銀行員に生れつくのでも、作家に生れつくのでもない。しかしせっぱつまったときペンを取りあげて、彼は、と書きだせばその人は作家でありうる、少くとも何分の一かの。なぜ書くかというサルトルやブランショの形而上的に壮大かつ精緻をきわめた分析に異議をさしはさむ気は無いけれども、窮地に陥って書くという答は問いの一部を満たす事になろう。

私について言えば積極的に自己を進退きわまる所に追いつめたようなものである。十九歳の私は東京の会社をやめて徴兵ではなく兵隊になった。兵隊に生活は無い。あさはかにも人生に絶望し、初めから何もかもやり直すために選んだ場処に自分をおいて出発したいと思った。

絶望は本物ではなかったかもしれない。しかし、自分の生きるところを兵営にしか見出さないのは、一つの絶望ではあるまいか。

後に私は入隊を亡命の貴族的形式と評したシャイラーの言葉を知った。貴族はさておき、確かに私は何物からか逃れていた。原体験を兵隊生活に求めるのは一部分しか真実ではない。溯ればきりが無くなる。

学生時代、〝ブッデンブローク〟を読まなければ、田舎に居ついた疎開児童でなければ、原子爆弾の閃光を見なければ、郷里が爆心地に近くなければ私は書いていただろうか、やはり書いていたと思う。

外から来たこれらの事は私にものを書かせる一因になったとしても、他に言い難い何かがあり、それはごく些細な、例えば朝餉の席で陶器のかち合う響き、木洩れ陽の色、夕暮の緑の光、十一月の風の冷たさ、海の匂いと林檎の重さ、子供たちの鋭い叫び声などに、自分が全身的に動かされるのでなければ書きだしてはいなかったろう。

小説を読み映画を見るにつけ身につまされる事が多かった。他人事ではないのである。親しい友人は東京におり、九州の小都市で私は申し分なく一人であった。

今思えばこれが幸いした。優れた芸術に接して、思いを語る友が身近にいないという欠乏感が日々深まるにつれて私は書く事を真剣に考えた。分りきった事だが、書きたいという要求と現実に一篇の小説を書きあげる事との間には溝がある。

それを越えるには私の場合、充分に磨きのかかったやりきれなさが必要であった。と言い切るほど単純ではないかもしれないが、今のところ私が書きだした事情はこうである。

作家丸出航、私は密かに呟く。舵輪をとる者は一人といういささかの光栄はあるにしても、この船に錨はなく、その港は遠い。

自己とは他者である、と言ってのけたフランスの詩人を今なら理解できる。

私の作品といっても二年間に五作しか無いが、それを批判する友人たちの手紙を読んでいるとき、天啓のようにこれがわかった。文体は言葉である。言葉は他人と共有できる唯一の物である。小説を書くとき、人は「私」という狭い檻から自分を解放している。

十九歳の私はすすんで生活をおりた兵隊となり、八年後の私は、作品という樹の土であるあたりまえの生活を自分の手にとり戻そうとしていた。生活が無ければ作品は無い。

小説の題

ときどき画家がうらやましくなる。「作品七番」とか「作品B」という題を絵につけてすましていられるからである。「無題」というそっけないのもある。小説書きはこうはいかない。もっともらしい題名をこしらえなければならない。すんなりと題名が決まることは稀だ。いっそのこと画家にならって「作品八番」とか「作品F」とかつけられたら随分気楽だろうと思う。わたしの場合、小説は題名が決まれば三分の二は出来あがったのも同然だ。

題名は小説の内容にふさわしいものでありたい。欲をいえば言葉として響きの良いものでありたい。さらに欲をいえば一つの映像を喚起する体のものでありたい。小説の内容にふさわしい、という意味は作品の中心となる主題を暗示しているということでもある。今度はこういう題名で書こうと決心したときは、いってみれば自分がどのような作品を書こうとしているか、作品の全体像をはっきりとつかんでいることになる。筋書きが決まっても題名がいつまでも浮ばないときがある。そういう作品はおおむね失敗作である。

「吾輩は猫である」という題名は既にそれ自体が傑作である。「それから」というのもいい。私は漱石が好きだ。その本の題名も好きだ。鬼面人を驚かすような題名の多い現代文学にくらべて漱石の本は平易かつ明晰、さりげない題名ばかりのようである。自作についていえば最近わたしは、「草のつるぎ」という百五十枚の中篇小説を書いた。題名を決めたのは四年前のことだが、それよりもっと以前、今から十二、三年前わたしはある書評新聞に「兵士の報酬」と題し、十枚のルポルタージュを書いたことがある。自衛隊に入った新隊員がそこで何を見、何をしたかという内容である。わたしの文章が活字になったのはそのときが初めてだ。そういう体験を素材に小説を書きたいと思い、実際に何度も試みて失敗した。適当な題名を見出すことが出来なかった。体験のない所に小説は成立しないが、体験があるからといって小説になるとは限らない。わたしは十年以上、一つの素材を胸に暖めていたことになる。

題が決まったらすぐに書き出すのが普通だが、「草のつるぎ」の場合はいつまでもモタモタした。書き出しをどうするかで迷った。一昨年初夏、親戚に不幸があってわたしは葬儀場へ出かけた。車で海辺の道を走っていた。ぼんやり外を見ていると、どこかで一度見たことのある風景がひろがっている。白ペンキ塗りの建物、青草に覆われた営庭、その向こうにのぞく藍青の海。わたしが十九歳のひと夏をすごした相浦第八新隊員教育隊と、はからずも十五年後に再会したわけだった。二度目に見る営庭周辺はどうしたことか色褪せて見えた。セピア色に変色した昔の写真のようであった。かつては密生していた草も病犬の肌のようにはげちょろけ、堅固に見えた建物も風が吹けばひとたまりもない程に朽ちかけているように見えた。思いなしか草の緑も昔日のように鮮かではない。景色も齢をとることがあるのだろうか。わたしの内部では営庭の風景は今描きあげたばかりの水彩画のように絵具の痕もみずみずしく常に新鮮なのであった。記憶にある相浦の絵と現実のそれとの喰い違いは一つの衝撃だ。うかうかしていたらわたしが心の中で向いあっている風景そのものも実際の風景と同じように儚なく色褪せてしまうかも知れない。しかし原稿用紙をひろげて題名を記し、本当に終りまで書きあげたのは去年の十月だった。相浦は佐世保の北にあたる。自衛隊の第八教育隊があり、昭和三十二年の六月から八月にかけてわたしはここで前期基本訓練を受けた。

なぜ志願したか、そこでどのような訓練を受け、どのようなことを考えて日を送ったかは、作品の中に詳しく書いたから改めて繰り返さない。「草のつるぎ」とはわたし達が小銃をかかえて這いまわった営庭にしげっていた草を象徴する。強い日にあぶられた草は固く、ナイフのように鋭くわたし達を刺すのだった。それはまたほとんど二十歳前の少年であった新隊員の青臭い肉体をも意味する。兵士に与えられる武器は昔から一振りの剣であった。それが今は一挺の小銃に変りはしたが、もともと兵士とはその肉体そのものが一個の武器なのである。いってみればわたしは、「草のつるぎ」という題名によって、鋭いナイフのような青草が生い茂った営庭で、その青草のように弾力のある新鮮な肉体を持った少年達が兵士としての訓練を受けたという物語の内容を表わしたつもりである。さて、肝腎の作品が小説として体をなしているかどうかということ話は別である。作者の思惑はどうであれ出来栄えは読者の判断にゆだねる他はない。

「草のつるぎ」

あれから十六年たつ。もうすぐ十七年めになろうとしている。にもかかわらず、わたしが自衛隊員であった当時の事は、ついきのうの事のようにあざやかに思い出される。

高校を出た年、父が経営していた事業に失敗した。父は破産宣告をうけると同時に大病にかかって入院した。わたしは次男で弟妹が四人いた。上の妹はまだ中学生であった。わたしは働かなければならなかった。上京して仕事を探した。日がな毎日、新聞の求人欄をひろげては、これはと思う所に足を運んだ。しかし、自動車の運転も出来ず、熔接や塗装という特別な技能も持たない田舎者にロクな仕事はなかった。東京には身許保証人になってくれる知人もいなかった。

トラック相乗り、板金工、看板屋、コック見習い、ラーメン出前、新聞配達、喫茶店のボーイ、店員、雑誌のセールス等という仕事ならいくらでもあった。保証人はいらなかったが給料は安かった。住みこみで二千円、通いで六、七千円というのが相場だった。一番安い下宿が三畳二食付きで六千五百円だと憶えている。わたしは台東区のあるガソリンスタンドに就職した。初任給は六千円であった。昭和通りに面した中ぐらいのスタンドである。所長以下女事務員も含めて十名かそこいらの従業員が働いていた。灯油を配達したりガソリンを自動車に補給したり古くなったオイルを交換するのが仕事だった。大森の宿から国電で通勤した。交通費は支給されなかったと思う。給料が支払われると何はさておきその日のうちに定期を買った。そうしなければすぐ給料はなくなってしまうから。

給料が足りない分は残業をした。二、三時間居残るとラーメン一杯が支給され、百円弱加算された。宿直をすると二百円の弁当が出た。月二回の休日を休まずに出るといくばくかの精勤手当ももらえる仕組だった。そうやって赤字を埋めた。給料が安いのは我慢できたけれど、会社側が従業員をまともな人間として扱わないのがいささか口惜しかった。

「お前ら、組合をつくると承知しねえぞ、やめたければやめちまえ、代りはいくらでもいるんだからな」というのが所長の口癖だった。彼は社長の弟であった。代りはいくらでもいる、といわれてみればその通りだった。従業員としては返す言葉がなかった。

世はなべ底景気といわれる不況のさなかであり、一流大学を出ても就職出来ない青年がざらにいたのだ。失業者が職安にひしめいているとき、仕事についていることだけでも有り難いと思わなければならなかった。

翌年、わたしはスタンドをやめて九州へ帰り、佐世保の北東海岸にある陸自相浦第八新隊員教育隊に入隊した。そこで三十二年六月から八月末にかけての二カ月間、前期訓練をうけた。例年よりきびしい暑さが続いた。海から吹く風さえ熱い鉄と塩の味がした。わたし達は草の生いしげった営庭でみっちりきたえられた。面白いことに、あるいは当り前のことかも知れないが、私は自衛隊で初めて一人前の人格を持った人間として扱われている自分を発見した。

教官も助教助手もきびしかった。夏の炎熱にわたし達が喘いでいるときも激しい気合がとんだ。しかし、「代りはいくらでもいるからな」といわれたことはなかった。東京での生活にくらべたらそこが大きい違いだった。

隊員たちはほとんど二十歳前の少年ばかりだった。九州各地から来た。鹿児島、熊本、佐賀、長崎、福岡出身者が大部分であったと思う。離島や辺地からも来た。対馬、五島、天草、種子島の漁師や百姓がいた。かつて工員や炭坑夫であった連中がわたしの仲間になった。会社がつぶれたので入隊した会社員もいた。元運転手やセールスマンも珍しくなかった。自衛隊はいわばわたしの大学である。わたしは学校で教えられる以上のことをそこで学んだ気がする。第八教育隊で過した八週間の生活をわたしは「草のつるぎ」に書いた。去年の九月から十月にかけて書いた。とりかかると一気に筆がはかどった。わたしは小説の中で昔の仲間と十六年前の夏の日々と再びめぐりあうことになった。記憶の中で彼らは相変らず十八、九歳の少年のままであった。齢をとったのはわたしだけではないだろうに。懐しいというだけでは足りないもっと切実なある種の感慨があった。それがわたしを駆りたてて「草のつるぎ」を書かせたといっていい。わたしはその後、北海道千歳に配属された。特科である。その頃のことは後篇「砦の冬」に書いた。もうわたしは自衛隊を素材にした小説を書かないだろう。

「海辺の広い庭」

わたしは一枚の地図をもっている。

どこの書店にも売っている八千分の一の長崎市街図である。わたしは諫早に住んでいるが、長崎にはたびたび出かけるので、地図をひろげればその町のたたずまい、通りの雰囲気がありありと目にうかぶ。

長崎は物語をもった都市である。

中国やオランダとの通商、殉教者たち、昭和二十年夏の悲劇、とあげだせばきりがない。南山手のエキゾティックな異人館がかもし出す風情はいうまでもなく、なんのへんてつもない街路さえも長い歳月と歴史の跡がしみついて、長崎ならではのしっとりとした情趣を感じさせる。それは中世に描かれた絵巻物の剥落した色彩が文化の深さを感じさせるのに似ている。

たとえばわたしは寺町かいわいの雨にぬれた路地が好きだ。坂本町の外人墓地で死者たちの碑銘を読むのは散歩のたのしみであるし、大浦一帯の港の匂いの漂う古い街並も味わいがあると思っている。また夕方の買物客でにぎやかな築町の市場も好きだ。それはだれしも感じることらしくて、旅行者は口をそろえて長崎をいい街だとほめそやす。街と同じように女性も美しいという。しかし長崎に住んでいる人たちはどうだろうか。自動車のセールスマン、保険の集金人、労務者、店員、造船所で働く人たちはこの街をどんな目で見ているだろうか。この人々にも長崎はエキゾティックであるゆえに素晴しい土地だろうか。その土地で暮す人たちには異国情緒などどうでもいいことで、美しい街にも不愉快ないざこざはあり、人殺しもかっぱらいも交通事故も月並な事件であることはよその土地とかわりがない。

人間の生活がある所にはどこであろうと涙があり汗があるわけだ。わかりきったことである。にもかかわらず、そうしたことは承知の上で長崎は他の港町よりもいい街であるとわたしはくりかえしたい。観光客の視点からそういうのではなくて、生活者の実感としてそういいたい。

それはわたしの生れた土地である長崎に対する個人的な愛着かもしれない。愛着というものがすべてそうであるように、理由を詳しく分析することはまず出来ないし、しようとも思わない。そのかわりわたしは二百枚の小説を書いた。この作品はいってみればわたしの故郷に対する愛の告白のようなものである。三十代の一人のサラリーマンが靴底をすりへらして長崎の町を歩きまわる。ちっぽけな広告代理店の営業部員である。時は現代。

わたしにはM君という若い友人がいて、広告代理店につとめていた関係から仕事の苦心談をきいた。それは作品を書くうえでひとかたならずためになった。作者の分身である主人公は平凡な青年である。わたしはこの作品を書くにあたって三つの要素をもりこみたいと願った。主人公と父親とのつながり、職業、生活、女性関係などである。どの一つをとっても書くにあたいする文学的主題である。わたしは少し欲ばりすぎたのかもしれない。

それらを十全に書きこみ、追求することができたら、主人公の背景である長崎という街の雰囲気がおのずからうかびあがるように思われた。うまくいったかどうか読者がきめてくれるだろう。わたしの愛が片想いでなかったことを祈るほかはない。書きあげたのは一昨年八月だった。原稿は昨年十月活字になるまで七、八回東京と諫早を往復した。編集者が勝手に作品を直させるというのは誤解である。わたしを担当した編集者は作者と共同して一つの文学作品を制作する無私の情熱をもつ人であった。わたしはそのつど謙虚に助言をうけいれた。書きなおすたびに作品の欠点はすくなくなったと信じている。地方にいて小説を書くのは不便ではないか、とよくいわれるが、東京にいなければ書けない小説があるだろうか。人間のいる所に生活はあるので、文化とは生活の一つのかたちであってみればどこに暮していようと小説は書けるのである。原稿の往復に時間がかかり、ものかき仲間とじかに話ができないという不便はある。田舎では接触できない都会の動静もあるわけで、ときには淋しさをかこつこともないとはいわない。しかし田舎ずまいの利点もそれらを補うほどにはあるものだ。田舎には静かな時間がある。それが何よりも貴重に思われる。資料をあさり、本を読み、原稿用紙に一枚ずつ言葉を埋めてゆく作業は平穏な時間あって初めて可能なのだ。これは会社員ならば背広を着て通勤バスにのるようなことと同じであって、地味で目立たない日常である。そうした毎日にわたしは満足している。

「鳥たちの河口」

諫早市の東郊に仲沖という町がある。小さな二つの運河に仕切られた閑静な住宅地である。十五年前の洪水以後、諫早の変わりようは著しいが、この辺りはまだ昔の古い面影をとどめている。私が借りて住んでいる家から五十メートルと離れていない所に舟着き場がある。静かな夜は満潮を利用してさかのぼってくる漁船の気配も伝わってくる。舟着き場から本明川に沿って下れば一時間で河口に達する。私がよく散歩する場所である。河口近くに小野と長田を結ぶ不知火橋が架かっている。弓なりに反った長い橋は人も車も通るのはまばらで、いつもひっそりとしている。暑い夏の日も街からここまで来れば冷たい風に打たれることができる。

橋からの眺めは満潮時の満々とみなぎった水もいいが、海が退いた後に現れる干潟の情景も格別だ。人類誕生以前、太古の世界もこうであったかと想像されるような荒涼とした風景になる。荒涼とはしていても貧寒で枯渇した眺めではない。反対にこのうえなく豊かで充溢した水平の広がりである。川と海と天と土と草とが一カ所で接するこの河口が私は好きだ。ここを舞台に作品を書きたいと思ってから数年たった。河口に場所を定め、登場人物は主人公以外に一人か二人で、時間は一日、それも夜明けから日没までとする。

……昨夏、私は波打ち際をぶらついていて砂に埋もれていた骨片を拾った。小さな鳥の頭骨である。名前は知らない。表面は水の力で磨かれて滑らかで内側はかすかに白くなって砂の色と見分けつかないほどだ。波と砂にもまれて脆くなった頭骨は指先で支えても紙のように軽い。その軽さが私の指から体に水滴のようにしたたり落ちるのを感じた。鳥のはかない生命を思った。そのときカスピアン・ターンという鳥のことを思い出した。昭和四十年十月に八代の埋め立て地で熊本の獣医さんと高校の先生が発見した世界的珍鳥である。わが国では戦前にたった一度、沖縄で観察されたきりだ。昭和二十六年に仙台海岸でこの鳥のものらしい頭骨が拾われている。中国北東部からモンゴル一帯に分布し、冬季はアジア大陸を南下してインドへ渡るという。コースをそれて日本を通ることもまれにあるわけだ。カスピアン・ターンという乾いた清音で成るこの鳥の通称が口ずさむのに快かった。八代で観察されたのならば有明海の一部である諫早湾で翼を休めたこともあったはずだ。この頭骨もあるいはそのとき不慮の事故で飛翔力を失い海に沈んだカスピアン・ターンのものかもしれぬ……。ひとかけらの名も知らぬ鳥の骨をもてあそびながら私の夢想は尽きなかった。

またそのころ、各地から異常な事例が報告されるようになった。方向感覚を失ってコースをそれる鳥、死滅する鳥、羽毛が脱落したり色彩を失う鳥。自然破壊と公害が深刻になるにつれ、鳥の世界でも異変が起こりつつあるようだった。河口からの眺めは千年一日のように変わらなかったが、見えないところで異常は進行しているように思われた。有明海だけが自然界の荒廃から無縁であるとは思われなかった。「鳥たちの河口」は「文學界」三月号に発表した八十枚の短篇である。会社を辞めざるを得なくなった失意のサラリーマンが河口へやって来て秋から冬にかけての百日間、鳥の観察をして過ごす。ここで描いた河口は実際の場所とはかなり趣を変えて地形もふん囲気も格段に寂しい所とした。あくまで架空の舞台である。それと同じく男が会社を辞めるきっかけとなった事件もフィクションである。組合争議とそれによる会社内の対立、分裂と離反者の発生というありふれた人間世界の出来事を自然界の異変と並行させて書きたかったまでである。組織の中に複数の一人として生きなければならない現代人は心ならずも仲間を裏切ったり傷つけ合ったりする。きのうの友がきょうの敵になる。こうした状況はもの書きが回避できない主題でなければならない。小説に描いたこの事件が自然の変異より私には重要に思えるのだが、意にみたない処理しか出来なかった。私の非力であり不勉強のせいであることは当然だ。

結局、鳥よりも人間たちの方が問題なのであって、すり減った私のペンを研ぎに研いで書くべきなのは血の通った人間の生きている現代である。八年間にわたって書きためた作品が、今春ようやく二冊の本になって刊行された。五月の中ごろ、私はそのお礼かたがた上京した。久方ぶりの東京である。見るものすべて目まぐるしく、十日間滞在して疲労困ぱいした。帰ったらほっとした。どうやら腰を落ち着けられるのはこの地以外にないようである。

ひとつ所にじっとしていなければ小説のようなものは書けない気がする。東京が便利な都会であることはいうまでもないが、入れ代り立ち代り登場する時代の衣装があまりにもきらびやかで、私には生きるのにふさわしい土地ではないようだ。今、取り掛かっている幾つかの中短篇を仕上げたら私の次の仕事は長い間、懸案であった長篇小説になる。長崎を舞台にした千枚の作品である。しばらくはあの河口を訪れることも出来ないだろう。

「諫早菖蒲日記」

私がいま住んでいる家は諫早の武家屋敷の一郭である。道路を境に一方はもと漁師町であった。家主のA夫人は、父方が諫早藩の御典医で、母方は同じく藩の吉田流砲術指南であった。この家へ引っこして来て間もなく知ったことである。

そういわれてみれば成るほどと思うことが多い。庭の石で畳んだ古井戸は薬草を煎じるための水を汲んだ所である。広い庭は薬草薬木を栽培した跡で、いまはカキ、モクセイ、ツバキ、ビワなどが枝葉をしげらせている。裏庭はいちめんの菖蒲畑である。五月、青紫色の花が咲きそろう頃の眺めは壮観というほかはない。せいぜい池の端に生えた二、三十株しか見たことのない人は、万を越える菖蒲の花ざかりには目を見はるにちがいない。これは明治生まれのA夫人が冬から春にかけて膝まで泥に埋れ、菖蒲の古株に手入れを怠らなかった丹精のたまものである。ほったらかしておいて咲いた花ではない。

諫早菖蒲というのは肥後菖蒲や江戸菖蒲の原種であるという。前者を品種改良して花びらの大きい色鮮かな後者にしたのである。いわば諫早菖蒲は野生に近いゆえに花びらは小さくてもながく保ち、色が褪せず、葉身も鋭く細い。活け花には諫早菖蒲がよろこばれる。A夫人は華道の先生であった。

「諫早菖蒲日記」は安政二年（一八五五年）、この家に住んでいた砲術指南の十五歳になる娘を主人公に、当時の諫早藩士の生活、主家である佐賀鍋島藩との関係、仲沖の漁師たち、黒船の来航によって焦慮する父親のことなどを書いた百三十枚の中篇小説である。私は第二部である「諫早船唄日記」百三十枚を「文學界」へ送ったところだ。第三部「諫早水車日記」は「文學界」十二月号に掲載される。これで三部作はひとまず完結することになる。私には初めての歴史小説である。

安政二年の初夏に始まった物語は翌年の春に終る。ところが実は第一部で私は安政元年の初夏と設定するあやまちをおかした。書いた後で気づいたのだが嘉永七年から安政と改元されたのは十一月である。当然、菖蒲が咲くのは安政二年の初夏でなければならない。こういう間違いを年代の他にも昔の風俗習慣を描写する折りに仕出かしていると思う。識者の訂正を願いたい。

ただ、文中に百姓たちが切腹を命ぜられるという件りは不審に思う人もあるにちがいないが本当である。切腹はもともと侍だけの特権というのが常識であった。資料はおもに諫早市史全四巻によった。当時の記録がなまの文章で引用されているのが有り難い。これはお国自慢になるかもしれないが、市史としていい本である。

諫早はわが国の歴史ではなばなしい役割を果たしていない。特記するに足りるこれといった事件も起っていないし有名な人物も出ていない。だからといって歴史小説の素材にはならないという理屈は通用しない。いまから百二十年ほど前の諫早には何があったか。当時の藩士は何を考え、どんな言葉をしゃべっていたか。このようなことを考えるのはたのしい。おそらく城下に瓦屋根は一軒もなかったはずである。藩主の屋敷でさえも屋根は藁ぶきであったのだから。

歴史に登場しない諫早藩も鍋島藩の命で長崎港警備を担当している。西泊、戸町など十数カ所に砲台を築いて黒船に備えていた。一八〇八年のフェートン号事件では、諫早藩士も一人、矢上番所で腹を切っている。責をとって自決したのは長崎奉行松平図書頭だけではないのである。砲術指南という役目柄、女主人公の父親も内心は平和ではなかったろう。彼の兄は藩医で蘭方医学を学ぶために出島商館のオランダ人医師とつきあっている。砲術指南は長崎出張の折り奉行所で外国の形勢はもれ聞いている。情報は現代の日本人が考えるほど乏しかったわけではない。アヘン戦争の経過など、生糸の取り引きで長崎に来ていた清国の商人たちからもたらされていた。ところが肝腎の軍備たるや天正のころとあまり変らない石火矢火縄銃である。不安にならなければどうかしている。

しかし、諫早藩はもと三万石が鍋島藩の圧政で一万余石に削減されている。新式の大砲など買い入れる財政的ゆとりはない。寺社の鐘を鋳つぶして自前の大砲をこしらえるくらいが落ちである。その頃の藩士の貧乏は商売道具である弓槍鎧を売るほどであったという。父親の不安もさることながら私が書きたかったのはその娘とその目で見られた昔の諫早である。戦前の生活様式さえ思い出すのも困難になっている現在、安政年間の諫早における日常生活を再現するのは工夫を要した。工夫もしかし郷土に対する愛着が根底にあればなんとかなるものだということが書いてみてわかった。

名前

電話帳をゆき当りばったりに開いて、まず目についた名前にする、という作家がある。同窓会名簿から拾い出す、という作家がある。小説に登場する人物の名前である。やさしそうに見えて、これがなかなかむずかしい。

安岡章太郎さんにお目にかかって小説の話をうかがったとき、たまたま名前のつけ方に話が及んだ。名前は顔のようなものだ、と安岡さんはいわれた。登場人物の顔が見えてこなければ小説は書けない。

七十枚ていどの作品なら「男は……」「女は……」ですますことができる。抽象化によってかえって効果が出る場合もある。アルファベットを使う作家もいる。カフカの小説に登場するKという男は、作品の雰囲気と人物の性格から、いかにもKという文字がふさわしくAやFではぶちこわしに感じられる。この場合、イニシアルのみを使うという手は成功しているのである。いつもこんなにうまくゆくとは限らない。下手をすると作品がこの命名法で蒸溜水のように味気ないものになってしまう。カフカ作「変身」の主人公は、グレゴール・ザムザという名前である。ある平凡な給料取りが一夜明けたら奇怪な虫に変っていたという物語にはまさしくぴったりの名前ではないだろうか。私の勝手な想像なのだが、カフカはグレゴール・ザムザという名前を思いついて初めて「変身」を書くことが出来たという気がする。

名前のつけ方にも作者の個性が反映する。美意識の反映といいかえて差し支えない。私は安易な命名をする作者の小説は敬遠することにしている。井上光晴さんは題のつけ方も人物の命名もうまい。例えば傑作「地の群れ」の場合、宇南親雄という名前がある。朱宰子、津山金代などという名前も長崎という土地の匂いを感じさせる。暗い輝きを帯びた「地の群れ」という小説に名前の響きがよく調和している。

私の筆名野呂は、梅崎春生作「ボロ家の春秋」に登場する男から借用したものである。そうすることで「桜島」と「幻化」の作者に対する私のささやかな敬意を表わしたつもりであった。

私は梅崎春生の作品が好きだ。しかし、ここでは梅崎文学よりもその登場人物たちのいっぷう変った名前の方を語りたい。同窓会名簿から拾い出すというのは梅崎春生のやり方なのである。もっともなまの形で使いはしなかったらしい。姓と名をすげかえたり、ある姓を少し変えたりしたもののようだ。貴島一策というのは「紫陽花」に登場する偏屈な老人である。五味司郎太というのは「山名の場合」に登場する夜学教師の名前である。島津鮎子というのは彼の同僚である。いずれもその名前に共通した一種の雰囲気がある。とぼけている上に童話的ともいえるコッケイさがあって、というだけでは足りない何かが感じられる。長い間、私はこの雰囲気の正体を考えあぐねていた。最近になって私はそれを九州人の体臭といってもいいのではないかと思うようになった。梅崎春生は福岡出身の作家なのである。

フィクションによるフィクションの批評

一つの光景がある。前後はどうしていたものか思い出せないのに、その情景だけが不意に回転を止めたフィルムのように静止した映像となって記憶に消し難い痕跡をとどめている。

ある日、慌しくわたしの家にとびこんで来た男が叫んだのだった。〝戦争だ……戦争がまた始まった〟、と。顔見知りの隣人である。目が吊りあがっていた。彼は入口のガラス戸をあけて上半身を現わし暗い屋内をのぞきこみ、うわずった声で数回、同じことを叫んだ。わたし以外には誰もいないと知ると、来たときと同じ勢いでそそくさと去った。近所で彼の声が聞えた。〝戦争だ、北朝鮮軍がやって来る〟。昭和二十五年六月下旬のことである。朝鮮戦争の勃発をこのようにしてわたしは知った。わたしは中学一年生だった。

空梅雨が続いて土地は乾ききっていた。六月も終りとなれば、ここ西九州では既に夏である。日ざしはまぶしかった。物はみな濃い影を帯びた。半島の戦火は場所がら対岸の火災視するにはあまりに近すぎた。隣人の反応は切実だったのである。「そうか、してみるとまたあれが始まったのか」。わたしは男がしめ忘れていったガラス戸からぼんやり戸外を眺めていた。自動車が通った後には砂塵がたちこめた。砂煙がおさまるまでにはかなりかかった。埃は死と荒廃の味がした。まだたった五年しか経っていなかった。太平洋戦争が終ってから、その日は何かが似ていた。五年前の夏と情景がそっくりだった。しずかな午後、輝く空、埃っぽい道路、鋭い光線。

わたしは屋内に横たわったままじっとりと汗をかいていた。たちどころにわたしは昭和二十年の夏を思い出した。八月六日から十五日に至る数日間の混乱を思い出した。そしてあの夕焼けも。戦争が始まるということはわたしの場合、世界の終りが再来することを意味した。これからどうなるだろうという不安があった。いや、不安はなかった。むしろ期待があった。歓びといってもよかった。戦争は日常のすべてをおびやかすまがまがしいものとして頭上を黒い影で覆うのだったが、戦争というういまわしい光で照らし出される世界のかたちにはいい知れぬ魅惑を感じないわけにはいかない。

わたしの町諫早は長崎の北東二十四キロに位置する小さな城下町である。軍港佐世保は列車で二時間の距離にあり、途中の大村市には海軍の飛行場があった。ポツダム宣言受諾拒否と徹底抗戦を呼びかけるビラを撒いたのはそこから飛び立った戦闘機であった。諫早の町はずれにも本土決戦に備えて急ごしらえの飛行場があり、そこからも飛来した練習機がビラを散布した。神州不滅、一億一心、断固戦うのみ。記憶の絵は長崎に原子爆弾が投下された日の夕刻、西空に拡がった壮大な夕焼けを背景に乱舞する布張り複葉機のイメージをわたしに示す。

しかし冷静に回想してみるとそれらは長崎上空から風に乗って漂って来た紙や布切れの燃え粕

と重なってしまった映像のようだ。戦闘機群が乱舞するのは十日以後のことである。八月九日はいつもより早く日が暮れた。一つの都市が炎上する煙が空を暗くしたのだった。西南の空だけは明るかった。夕焼けに似ていたが夕焼けではなかった。長崎が灰になる炎の色であった。空一面に黒い灰が舞った。夜も赤々と燃え続けた。わたしはそのとき何も考えなかったと思う。黙りこくってみつめる他はなかった。そうする以外に何が出来たろう。わたしは疎開者だったから長崎には家があり一年間、席を並べた級友があり隣人たちがいた。

物を見るにもいろいろと見方があるもののようだが、そのときはただ目をみはって呆然と見る、まじまじと見る他はどうしようもなかった。ただ見ること、それだけだった。ちょうど朝鮮戦争の勃発をしらせた男があけはなしていったガラス戸からわたしが埃っぽい戸外の情景をなすすべもなくみつめていたように。

「壁の絵」は「文學界」の昭和四十一年七月号に掲載された百五十枚の中篇である。わたしが書いた小説としては初めての作品だ。主題は戦争である。朝鮮戦争に従軍した（と信じている）男を観察者である女性の目を通して描いた。わたしは何としても「戦争」を書きたかったのだが、太平洋戦争は空襲と食糧難というかたちでしか知らない。そして八月九日のあの夕焼けの他は。書くとすれば朝鮮戦争しかなかった。かといって戦いに参加しているわけではないから直接法で書くことは出来ない。工夫が必要だった。工夫をこらすだけの価値はあると思われた。一人の少年が記憶に甦えった。敗戦直後、わたしの町に進駐して来たアメリカ軍のキャンプにいた日本人少年である。戦災孤児である彼はマスコットとしてアメリカ兵に可愛がられていた。アメリカ軍の制服を仕立て直して着せられていた。わたし達のクラスに編入された彼は数カ月しかいなかった。噂ではアメリカ兵の養子になって本国へ行ったということだった。彼は英語を話し、ことごとにわたし達をバカにした。あたかも自分は日本人ではないかのように。彼にはアメリカ的なものであればすべてが良かった。チューインガム、デモクラシー、天然色映画、ペニシリン、ジャズ、チョコレート。

わたし達にしてみても同感だった。彼のいうことはもっともだった。日本は戦争に敗れた国であり、敗れた国ゆえに惨めでありこの上もなく貧しかった。わたしは日本に生まれた身の不運をなげき、日本人であることをはずかしく思った。その少年はわたし達の上に君臨した。いわば一個の英雄であった。

この小さなエピソードはわたしがものごころついてから成人するまで物心両面にわたってアメリカ的なものの影の下で生きてきたことを示すささやかな例証である。初めて書く小説においては、わたしは自分の「内なるアメリカ的なもの」を右の少年に仮託して書くつもりであった。同時に「戦争」も書きたかった。わたしは欲張りなのである。

少年が従軍した朝鮮戦争があくまで想像の世界における架空の戦争だとしたらどうだろうか。戦争を正面から書かずに間接的に観察者の視点から書けば、おのずから物語に客観性が生じ、フィクションによるフィクションの批評が可能なのではあるまいか。そう考えた。そこに至るまでは他に多くの紆余曲折があったことは勿論である。思えばわたしも方法上の冒険を試みたものだ。小説にぜいたくな夢を持っていたから出来たことである。少年の手記を女性の独白の間に挿入するという手法はジュリアン・グリーンの「幻を追う人」にヒントを得た。数回書直した。活字になったのは二年目の初夏、六月であった。朝鮮戦争からちょうど十六年たっていた。

クロッキーブック

アユにしてもハヤにしても川魚はすばしこい。ここと思えばもうあちらというふうだ。今しがた目前の澱みにじっとしていたのが、つと身をひるがえして彼方の岩かげに隠れてしまう。だからそいつらを手づかみにするには胴よりもいくらか前方を狙って何もない水中に素早く腕を繰り出さなければならない。

わたしの中で影のようなものが閃く。急流で躍る魚よろしくそいつの姿は定かでない。わたしは身構える。手を突き出す。開いてみると捉えたつもりのそいつは影も形もない。いつものことだ。捉えたいと思わなければ何も苦労はしない。そいつを手に入れたいと願うからこそ水の畔りにうずくまっているのだ。日常という川辺に。

〝魚〟をイメージといいかえてもいい。あるいは憚るところなく小説のタネといってみようか。そう、まさしくタネとしかいいようのないものだ。一つか二つの重要な映像があってそれが芯ともなり核ともなって一篇の小説が出来あがる。そういう工夫を凝らしてわたしは作品を書いて来たような気がする。

例えば、「十一月」ではまず長距離トラックのイメージがあった。暗い高速道路を不規則な間隔をおいて疾駆する大型トラックには惹きつけられた。深夜の情景である。なぜか分らない。なぜか分らないが私自身に訴えかけるイメージである。トラック車体のはしばしにとりつけられた大小色とりどりの豆ランプには目を奪われた。わたしはとりあえず手近の紙片にメモをとろうとした。イメージというやつは敏捷な川魚さながら文字という猎《やす》で突いて串に刺しておかなければいつ遠くの岩かげに逃げこんで手の届かないものにならないとも限らないから。

そのときあいにく手近にノートブックも紙片もなかった。代りにスケッチブックがあった。わたしは絵をかく。外を歩くとき特に写生の対象がなくても持ち歩く習慣である。絵そのものは下手の横好きにすぎなくてとても他人に見せられるものではない。

「トラック——夜行便——車外燈」とわたしはスケッチブックの端に書きとめた。これでいい。他人には何の事か分るまいがわたしの心覚えになれば足りる。一年たって右の一行をどういう状況でメモしたかも忘れた頃、古いスケッチを破り捨てようとして、ふとページの隅に書きつけた文字に目をとめた。五、六ページおいてまた数行があった。

「血——友人——拒絶」

「鴨猟——解禁——河口」

「電気工事夫——街燈——故障」

「祭が終った日の翌朝——万国旗——休暇が終る——錆びたペン」

たちどころにわたしは思い出した。定着液に浸した印画紙に映像が浮き上るようにわたしは一篇の作品をその細部までくっきりとこれらの数行によって見届けたと思った。

手軽に撮影できる自動露出のカメラがあるように、わたしの内をかすめるイメージの群もシャッターを押しさえすれば写るカメラがないものか。そういうカメラがない以上、さし当ってわたしはペンと紙片に頼るしかないようだ。わたしの場合メモは必要だ。忘れっぽいから。ノートなしではせっかく手の内に捉えた魚まで逃がしてしまうことになる。

一度、スケッチブックをメモノート代りにしてから何となくそれでなくてはおさまらなくなり、現在はクロッキーブックを使っている。40cm × 50cm、青い表紙がついたものを画材店からまとめて買っている。画家がヌード等のデッサンをするのに使うものである。薄手の紙質が文字を書くのに適している。たまたま訪れた客が机の傍にクロッキーブックを見出し、家のあるじの絵を拝見という面持でページを繰り、訳の分らない文字が羅列しているのを見てうんざりすることがある。あるじが自分に絵の才能がないことに気づいてから久しいのだ。小説の才能も怪しいものである。

クロッキーブックの一ページを一つの作品にあてる。題名を中央に初号活字くらいの大きさで書く。題さえ決ったらしめたものだ。思いついたものは短いフレーズにして何でも手当り次第かきこむ。あらすじは書かない。登場人物の癖、せりふ、表情、舞台となる町の地図やアパートの間取りも書いてみる。この場合、スペースがたっぷりとしたクロッキーブックが役に立つ事はいうまでもない。再び例をあげる。「鳥たちの河口」についていえばカスピアン・ターンという鳥の名前が初めにあった。耳慣れない名称である。河口に近い渚で小さな鳥の頭骨を拾ったことがある。あるいは……と思った。有明海南部、八代付近でこの鳥を目撃したという報告があった。わたしが足をのばす海辺にもしたがって飛来した可能性はある。そこからイメージが膨んだ。わたしは河口の地図を描いた。主人公であるカメラマンが干潟を観察する地点を渚の一角に記した。渡り鳥たちの絵をかいた。クロッキーブックの一ページはすぐに黒くなった。わたしは新しいページをあけて渡り鳥の異状を書いた。主人公の少年時代も書いた。「夜――蟹とり――裸体――夜光虫」というふうに。妻との関係も書く必要があると思われた。

　実をいえば小説を書くよりそれ以前の段階であるこうした作業がすこぶる愉しい。もしかしたら自分はまたとない傑作を書くかも知れない。どんなに口の悪い批評家も脱帽せざるを得ないような作品を書く準備をこうやって進めているのかも知れない。しだいに胸がはずむ。かすかなときめきさえ感じられる。自負があり同時に不安も覚える。ここまで来ればもう書き上げたも同然である。

　そうではなくてページが黒くなるほど書きこんでも胸がときめかないことがある。細部も揃っている。ストーリイもある。しかし、まだ何か足りない。肉も野菜も切って鍋に入れ、火にかけ、あらゆる香辛料を加えても肝腎の塩が抜けているために箸をつける気になれない料理に似ている。感動がないのである。作者としてはずみを感じない。正直なものだ。こんなとき、ページをちぎりとって捨てるにはクロッキーブックは都合がいい。役に立つイメージばかりが現実から蒐集されるとは限らない。苦心して手に入れたものを捨てる勇気もなくてはならない。

わたしは大工が自分の建てた家を語るように自作を語りたい。職人が自分の手仕事を振り返るように作品の懐胎と誕生について語りたい。自作については語るべきではないといわれる。もっともな事ではあるが、わたしは小説を語る作家の言葉が好きだ。及ばずながら驥尾につくことを願うのである。しかし、果して大工や指物師たちは自分の仕事を他人に語るものだろうか。彼らは常に黙りこくっているかのごとくだ。わたしには職人の寡黙が時として羨むべき美徳に思われる。一体、作家のノートというのは何だろう。

一月四日、早く眼がさめ、窓を横切って雪の枝が見えた。寒くて、雪が積っており、それが今は溶け始めている。生垣や木立が水玉で蔽われている。どこかに風があって、たいへん暗くもある。少し独りきりになりたい。

今月中に本を脱稿する誓いを立てる。終日、また夜も書いて完成しよう。私は誓う。

なかなか、いい。とくに最後の一行は泣かせる。これはわたしのメモではない。キャサリン・マンスフィールドの日記（佐野英一訳、新潮文庫）から抜き書きしたものである。

このような文章であれば誰も作家以外の人種が書いた日記とは思うまい。もう少しつけ加えてみよう。読んで面白い箇所はいくらでもあるのだ。

一九二〇年二月二十九日　おお、作家になること、それに身を献げた、それのみに身を献げた真の作家になること！　私はきょう駄目だった。（略）自分を打ち倒されたかのように感じた。日は立ちどころに寒く暗くなった。それはロンドンの夏の黄昏に、庭をしめる門のガラガラいう音に、高い家々を彩る深い光に、木の葉と埃の匂いに、街燈に、あの感官の揺らぎに、黄昏のけだるさ、人の頰をそよりと撫でる風に、永遠に私から去った（ときょう私には感ぜられる）ところの諸々のものに属するように思えた。（略）ディッケンズがこの創作の魔力に憑かれる瞬間がある。彼はわれを忘れてしまう。あれは至上の幸福だ。こういう幸福は今日の作家はきっと持たないだろう。（略）……

マンスフィールドの予見は正しかった。「こういう幸福は今日の作家はきっと持たないだろう」。そして当今の作家諸氏はマンスフィールドが書いたような文体でこの種の日記をしたためることはもはやないだろう。それゆえに一層マンスフィールドの日記は味わいがあるのである。わたしはこの日記を暮夜ひそかに愛読していたことを告白する。十年ほど前のことだ。

「日記をつけるのは、十年前疎開先で退屈して自問自答していた時以来のことだ。ただこんどは発表するためのものだから、純粋に〝日記〟ではない。つまり普通日記の目的である、書くことによって、うっぷんを晴らしたり、気をまぎらはす効果はない。〝日記文学〟といふものは、主として才智ある婦人が、生前或ひは死後、出版されるのを見越して書き誌した、飾られた自己の記録であるらしい。つまり貴族的形式、閉された社会のものだ」(「作家の日記」大岡昇平著)

いかにも、という気がする。小気味よい裁断である。と一応うべなった上でわたしは立ちどまる。「断腸亭日乗」は、「馬琴日記」は、「戦藻録」は、飾られた自己の記録といえるかどうか。かといってわたしはいいがかりをつけるつもりは毛頭ない。「俘虜記」の作者は大ざっぱに日記の概念規定をしたまでのことである。そしてこの「作家の日記」がわたしには滅法おもしろいのだ。「俘虜記」と同じくらいに、いや大岡氏のほとんどの小説に優るとも劣らないくらいに、といえば穏かではなくなるだろうか。

どうやらメモのことを書いていて日記にまで筆が走りすぎてしまったようだ。わたしはこの二つをよくごっちゃにしてしまう。それというのも両者はわたしの中でいつも分ちがたく結びついているから。メモをとる場合、必ず日付を書きこむ癖がわたしにはある。日付がなければ短い一、二行の心覚えが後になって解読不可能になる。メモがメモとして役に立たなくなるのである。したがって日付入りのメモはしばしば日記もかねてしまう。他人に読ませたところで面白がることはまずありそうにないというのが残念といえば残念だ。

わたしは青表紙のクロッキーブックをひろげる。題名が決らないために書けない作品がある。逆に題名は決っても空隙を充てんすべき細部が不足しているために書けない作品がある。のっけに筆をとって原稿に書く人があるということだ。羨ましい話である。メモも何もいらない人は余程、創作力が旺盛なのだろう。いつかそういうふうにやってみようか。新しい発見があるかも知れない。冒険を怖れてはならない。

「ふたりの女」をめぐって

そのころ、私は諫早の下町にあるアパートに一人で住んでいた。

アパートとはいっても古い料亭を改造したもので、初めは階下の終日、陽の射さない部屋に、次は二階のかつては百畳敷とかいわれた大広間をベニヤ板で仕切った八畳間に住んだ。ほんの数カ月のつもりが、気がついてみると二年あまり経っていた。

料亭は大正時代に造られた豪壮な建物で、内部はさながら迷路のように入りくんだ廊下が走り、階上階下あわせていくつの部屋があるか、そこに住んでいた当時でもわかりかねた。間借り人は酒場づとめの女、保険の外交員、パチンコ店の店員、新聞配達人、スーパーの店員などとりどりで、一カ月と経たないうちに出て行く者が多く、私のように二年も居つくのは少ない方だった。もっとも二階の端に居た酒場づとめの女は三年と聞いていたから私がいちばんの古株というわけではない。長い間そこで暮したのは間代が安かったからである。ふつうのアパートの半分であった。ベニヤ板の仕切りはその名の通り仕切りというだけで、南のはずれにある私の部屋にいて、北のはずれにある酒場づとめの女の部屋の物音がつつ抜けに聞えた。風が吹けば部屋は揺れ、雨が降れば洩った。間代が安いのは当り前である。

アパートのある界隈はかつて遊廓として栄えた所である。そのあとはたいてい旅館と酒場に変っている。すぐ近くに詩人伊東静雄の生家があった。

私は夜、中学生や高校生に勉強を教えて暮しを立てていた。昼間は何もすることがない。おそくまで眠って午すぎ食事をすませると、市立図書館へ本を読みに出かけるか、部屋でぼんやりするかしていた。一人暮しというものは暇なようでいて結構いそがしいものであるという事実に気づいたのはそのころだ。

自炊、掃除、洗濯、買い物などしていると、あっというまに日が暮れてしまう。どういうものか私は家事が苦にならなかった。詩や小説など死ぬまでに一度だって読みそうにない隣人たちと暮すのは気楽だった。家事の合間に私はいくつか小説を書いたのだが、さっぱりものにならなかった。それまで五、六篇の作品を活字にしており、自分の著書というものは持たなかったが、ある程度の小説は書けると思っていた。

おそらく作者に要求されるある種の緊張に欠けていたのだろう、というのは今になって考えることである。私には当時、隣人たちの生活を観察する方が小説を読んだり書いたりするより張りあいがあった。二年間で雑誌に採用されたのが二篇しかないのだからひどいものだ。それさえ出来のいいしろものとはいえない。一人暮しの暢気さというのは、小説家のためにはならない。

「ふたりの女」はアパートを出て七年後に書いた。

自作の解説なぞするものではないといわれる。作品の価値は読む人が決めるものである。という事情は知り抜いていながらあえて解説めいた文章を綴るのは、私が他人の解説を読むのを好むからである。裏話というものは何であれ気をそそられる。作品は作品として読み、解説は小説家の作品から独立した述懐として読むのが私の性分である。

もしかすると世には私のような読者もいるにちがいない。

「とらわれの冬」は先に書いた「一滴の夏」の続篇にあたる。二十代の初め、都会から帰った私は田舎町でこれといった定職にもつかず、毎日することもないままに無為の時をすごした。一作くらいは目ざましい小説を書けるかも知れないという自信はあったが、自信は自信にとどまって、じっさいに書き出す勇気はなかった。あてどのない日々を送っていたそのころのことが、二十年後に「とらわれの冬」になったわけである。いわば自伝的な長篇の一部と見なしていい。

書き上げてみると、作者としてもっとどうにかならなかったものかという思いに責められる。かんじんかなめのことを書きおとしているような気さえする。かんじんなこととは二十代の私を絶えず焦燥に駆りたてていた熱い血である。この世界には堅気に暮すこと以上に大事な何かがあると私は信じていた。それが何であるかをつかめないもどかしさがあった。こうしてはいられない、と万年床の上に起きあがってみるのだが、起きあがったところでどうするべきかはわからないのである。

寝つかれないままに私は深夜、町をうろついた。暗い家並の間にまだ起きているらしい一軒があり、明るい窓が路上に光をこぼしていた。窓の内側にある生活を私は想像した。あたりまえの生活が私の理想であった。しかし、私が自分のものにしたいと願っている「大事な何か」と「あたりまえの生活」とは両立するように思えなかった。

どちらか一つをとれば、もう一つを諦めなければならない。十二月の夜ふけごろで、木枯が私の着ている外套の裾をはためかせた。光のともっている窓と、その前にふるえながらたたずんでいる私の姿を今でもありありと思い出すことができる。その年の冬はひどく寒かった。マフラーをしっかりと巻きつけ、厚手の外套で身をくるんでいても、寒気は容赦なく肌を刺した。「とらわれの冬」のなかで、私は当時のやりきれない焦燥とあてどのない日常と夜の寒さを充分に書いたかどうか。読み返してみて、あるいは別の書き方があったかも知れないと思いはするけれども、結局はこういうふうに書くしか道はなかったのだという思いに落着く。小説もだから人生に似ている。書いてしまえば訂正は意味をなさないのである。「伏す男」と「回廊の夜」について語るには紙数が尽きた。これは私の七冊めの創作集である。

*
*
*
*
*

最後の光芒

ファンファーレが鳴り、二つの国歌が演奏される間も、絶えず広場を吹く風に、飾られた数十本の日の丸とユニオンジャックは、はためき続けた。

西の国から訪れた女王は、天皇に挨拶をした後、儀仗隊を閲兵した。敷かれた絨毯の赤が大理石の白に映えて鮮かであった。儀仗隊長が捧げ持つ指揮刀が、五月の光にきらめいてテレビを見ている私の目を射た。きらめく物は指揮刀だけではなかった。そのとき、迎賓館広場にあるすべてのものが私にはまぶしく感じられた。

音楽隊が手にする楽器、儀仗隊員の肩に映える金モールと銃剣、貴顕淑女たちがまとう色とりどりの衣裳などはどれも輪郭がくっきりとして目に痛いほどであった。もっともまぶしく感じられたのは女王と女王をとりまく一団の雰囲気であった。そこにはおのずからなる人間的気品があり、優雅な礼式と作法があり、秩序と静謐があった。

しかし私は大理石の広場で進行する華かな典礼を見ながら、内心ではそこに三十年前の日本を重ねあわせて見ないではいられなかった。人間的気品、優雅な礼式、秩序と静謐、それらは遠国の貴賓を迎えるのになくてはならないものである。あるじも客も、それらを自明のものとして疑わないようである。敗戦直後、私をうちのめしたのは、一つの戦争にやぶれたこと自体ではなくて、敗戦の結果、あたりまえとなった頽廃と混乱が実は永続的に私たち日本人を支配することになるかもしれないという暗い予測であった。その年、私は小学二年生であった。もの心ついたときから戦争は始まっていた。欠乏と恐怖が日常であって、敗戦はそこから恐怖だけをとり去りはしたけれども、かわりに無秩序をもたらした。

この世が生きるのに価するようないい世界になることがあるだろうか、と私は子供心に気づかった。食糧難と空前のインフレーションを前にしては気品もへったくれもありはしなかった。秩序と静謐はどこか別の天体にしか存在しないはずだった。十五年間つづいた戦争は終ったばかりだ。だれも自分が生きのびるのに必死だった。

しかし敗戦直後の混乱は今まで事あるごとに回想された。私がくり返しても意味はない。十五年戦争の二倍にあたる時間が流れたのである。気品も秩序も自明のものとなって当然だ。風は起り、旗はひるがえり、女王は閲兵する。音楽がかなでられ、五月の日は照り……そうだ、考え様によってはこれらが自明のものとなるまでに、三十年という歳月がどうしても必要だったわけである。

「あのとき、天皇は若々しかった……」

私はごくまぢかに天皇を仰ぎ見たことがあった。戦後初めて天皇が国内巡幸をされた年である。昭和二十一年の夏か秋であったと記憶する。田舎の小学校では前日、めいめいの履物をこしらえた。ワラ草履つくりである。当時、雨が降ると私たちははだしで学校へ通った。靴などは余程めでたい式典でなければはかないものだったが、その靴さえも持たない生徒が大部分だった。

そこで稲ワラに湿りをくれて木槌で叩き、ほど良く柔かくして一人ずつ一足の草履を作りにかかったわけだ。図工の時間に作り慣れていたからわけはなかった。疎開者である私も農村の同級生に教えられてどうにか自分用のワラ草履を確保した。

学校当局は天皇を駅頭に迎えるにあたり千余名の学童をはだしで整列させるのは、いくらなんでも畏れ多いと考慮した結果、かくて履物つくりを命じることになったのかもしれない。どうしたことか天皇を駅頭に見た記憶は私にはない。低学年であったし列のずっと後ろでは地もと有力者たちの背中しか見えなかったようである。そして次の記憶はいっきょにとんで、私が線路に沿った石垣下の道路を一人で歩いている光景になる。学童達は駅前で解散し、私は近道をとってその道を歩いていた。一人であったはずはないが、記憶の世界では一人である。埃だらけの白い道が夏日の下でまぶしく、灼けた石ころが足裏に熱かった。ワラ草履はとうに鼻緒が切れて、私ははだしでうつむき加減に歩いていた。列車が背後から迫って来た。頭を上げると道路に面した窓から内にひっこむ姿が見えた。その姿は窓が私の横にさしかかったとき、再びこちら側に現われた。現われたかと思うとすぐに身をひるがえして反対側の窓へ天皇は向った。そうやって沿道の民衆の送迎に車上の人は応えているのだった。

やはり私は一人だったと思う。列車が通過した後、私は周囲を見まわしたことを記憶している。級友たちは別の道から家へ帰って、そこを通るのは私しかいなかった。沿道の家々は西日の直射と埃をさけて窓も戸も閉めきっていた。そうすると天皇は列車上からはだしの小学生一人と向い合ったわけである。あのとき、天皇は背筋もまっすぐで少し痩せており、表情にも鋭い線があった。路上に私を認めた人物はたちまち身を返して向うの窓へ去ったのだが、その瞬間の情景はいくたびも私の中で反芻されることになる。この人の名前において戦争が始まりこの人の名前を叫んで戦野に仆れることが名誉とされ、そしてこの人の名前で戦いの終りが告げられた。ほんの一、二秒間ではあったが私はその人をまじまじと見上げることができたのである。

私が直視したのは〝象徴〟という曖昧な概念ではなかった。その人は黒っぽい背広を着て、蒼白な顔に憂愁の翳りのごときものをうかがわせた。私が対面したのは一つの「歴史」にちがいない、とその後、年を経て私は考えるようになった。「あのとき天皇は若々しかった」、テレビから目をはなさずに私はそう思った。天皇の背筋を曲げたのは三十年という歳月の重さでもあろう。しかしながら五月の澄明な光の下でとり行われる儀式はどれも澱みなく整然と進行するのであるが、私には客を迎える方も迎えられる方も一つの時代が今や確実に終ろうとしていることを暗に意識しているのではないかと思われた。二つの帝国の終焉ではない、戦後の終りでもない。秩序と静謐をもって大理石の広場にくり展げられつつある儀式が意味を持つ時代が、である。敗戦の年、私が覚えた不安は杞憂に過ぎないと思っていた。つい先頃までは。見るがいい、地上には光があり音楽があり、高貴な方々の訪問と歓待があるではないか。しかしその高貴な方の威厳こそ、由来する所はかつて世界に君臨した帝国の栄光の余映にほかならない。

私が、迎賓館広場に見出したのはいってみれば何か大いなるものが衰退しようとするときに放つ最後の光芒のごときものであったろう。

G三五一六四三

　生き残った男は死体の首にかかった金属製の札を二つに割り、半分を死体の歯の間に、半分を自分のポケットにおさめた。わたしはアメリカの戦争映画を見ていた。「へえ、あんなふうにするものか」と認識票の処理法を初めて知ったわけだった。戦死者をその場に埋葬したあとで、戦いが一段落してから掘り出し、本国へ送るとき歯にくわえさせた認識票でもって兵士の名前を確かめるのである。

　事情は万国共通であるらしい。兵隊はめいめい自分の番号を与えられる。このことはソビエトの兵もドイツの兵も変りはない。番号は金属の札（小判形をしている）に刻まれ鎖を通して首にかける。戦死した場合それを頼りに名前を確かめるのである。砲弾で五体がバラバラになったり、ナパームや火焔放射器で黒焦げになれば顔かたちで本人を見わけられなくなるから。

　わたしも認識番号を持っていた。つづめて認番といった。G三五一六四三という。十七年前にもらった番号を今も覚えているところがやるせない。やめてから十六年たつのだからもうそろそろ忘れてよさそうなものだ。覚えておく必要はどこにもないのに今も頭に刻印されているところをみれば、あのころはよほど懸命に覚えこもうとしたものだろう。Gは Government（政府）の略だといわれたが本当のことは知らない。三五一六四三は自衛隊に入った順番という意味だそうである。昭和三十二年夏にこの番号だったから、現在の自衛隊員はもっと長い番号を与えられていることだろう。

「なんでまた自衛隊なんぞに入ったのだ」という人がある。それについてくわしい動機をここでのべようとは思わない。不況のさなかであった。失業者は街に溢れていた。「生きるために」とだけここには書いておこう。「犬の鑑札」に話をもどす。認識票のことである。アメリカ兵はそう呼んでいる。正式の名称ではない。何年か前、ニューギニアで戦没した父を求めてその地へ渡った人が、最期を知っている戦友の証言と原地人の助言だけを頼りにある場所を掘ったところ、白骨が現われた。その首にかかった認識票で父と分った。そういうことがあった。

わたしは九州から北海道の部隊に配属された。千歳空港ちかくの原野である。二万人くらいを収容する広い駐屯地があった。普通科という名の歩兵も高射砲部隊も迫撃砲を専門に扱う部隊も同じ駐屯地にいた。わたしは砲兵である。正しくは特科という。教育をうけて測量手になった。大砲を射つには目標と大砲の位置を地図に定め、そこまでの方向と距離を測らなければならない。他に出さなければならないデータはごまんとあるが、大ざっぱにいえば右の二つは大事である。大砲は口径百五十五ミリの榴弾砲をおもに扱った。七千メートル以上の射程を持つが、演習場がせまいのでふつうは四千メートル前後を射った。射つ場所は丘の麓や山裾などの物かげである。

射手に目標は見えない。見えてはならないのである。見えるとすれば敵からも見えることになる。こちらの位置がバクロすると敵も黙ってはいない。仕返しの砲撃をあびる。おたがいに隠れんぼをして射ちまくることになる。戦争はクラウゼヴィッツのいうように政治の延長かもしれないが、戦闘はＴＶ〝コンバット〟でも分るようにしばしば子供の遊びに似ている。ただし、死を賭けた遊びではあるけれど。

射手の射った弾丸が当ったか当らないかは観測手の報告で知るだけである。双眼鏡で小高い場所から見ていると、命中かはずれたかは実によく分った。たった三倍の倍率でも四千メートル向うの標的は明らかに見える。砲弾が標的の前後左右に落ちる。それを修正して命中するようなデータ値を計算して射手に伝えるのはＦＤＣ（射撃管制）の役目である。射手が目標を見ながら射つこともある。戦いが乱戦になり、こちらの第一線を突破されて敵の戦車などが接近して来る。戦車はまず砲を狙う。そうなったら必死である。やるかやられるかという状況になる。直接照準で射つ。百五十五ミリ口径の弾をくらえば最新式の重戦車もスクラップになる。大砲の側からいえば戦車砲の直撃をうけるのもこれまたかんばしくない。楯のこちらには生身の人間がうずくまっているだけなのだ。どちらかが先に相手に一発くらわすのが勝ちというものである。目の色かえて射つ。こういうどたんばになれば日頃の訓練がものをいうことになる。

いろんな連中がいた。

わたしの班だけでも炭坑夫、漁師、鋳物工、農夫、セールスマンなどと多彩だった。同じ屋根の下に暮していればおのずと前歴は知られてくる。なかにはしかし自分のことを語らない男もいる。〝海坊主〟という渾名だった。度の強い眼鏡をかけたのっそりとした男である。頭を丸刈りにしていた。その頃わたしたちが大抵そうだったように彼も二十歳前後であったろう。九州出身にはちがいないが、九州のどこかは分らない。前は何をしていたかも分らない。きびきびとした動作が要求されるのにそいつだけはいつものんびりゆったりと動いて班長から目玉をくらった。むっつりとしてはいるが不機嫌なのではない。表情は明るい。ぼさっとしているように見えるが頭が足りないのでもない。小銃射撃で一番成績が良かったのは彼であった。

二百ヤード（百八十メートル）から三百ヤードの標的を五十発射って、命中率を計算し一級から五級までのランクにわける。一級の上には特級が（ごく少数）五級の下には級外（これもごく少数）がいる。〝海坊主〟は一級であった。そう判定されても彼は嬉しそうではなかった。「あっそう」といっただけだ。ひどい近視だから射撃の前はひやかされたものだ。「おい、ちゃんと前を狙って射ってくれよ、銃口を横にむけんでくれよ」と両側の仲間は念を押したほどだ。狙撃手としての〝海坊主〟の意外な能力にわたしたちは驚いた。それから一目置くようになった。日ごろ偉そうなことをいって威張る連中に四級や五級が多かった。目立たず隅っこにこそこそして、いるのかいないのか分らないような男がいいスコアをあげた。

砲撃が開始される。

わたしはやや高い台地に陣取っている。〝海坊主〟もそばにいる。双眼鏡の視野のなかで、標的のまわりに炸裂する砲煙が見える。

「当れ、当れ」わたしは双眼鏡をのぞきつつ念じる。当っても外れても給料に変りはないし、データを出した以上、命中するかしないかはもはや測量手の知ったことではないが心の中ではしだいに強く弾が当ることを祈るようになる。命中すれば嬉しい。外れればがっかりする。気持が自然とそう動く。

〝海坊主〟もわたしの傍にいてじっと弾着を見ている。いつものようにとりとめのない顔で何を考えているのか分らない。「〝海坊主〟よ、あれがもし砂袋を積みあげただけの標的ではなくて、一軒の家だとしたらどうだろう。いや家でもなくて人間だとしたら。それでもわれわれは故意に照準をそらして弾をはずすことができるだろうか」わたしは胸の中でたずねる。〝海坊主〟の答えはきまっている。必ずこう答えるに違いない。「できっこないさ、一旦、狙ったからには砂袋でも家でも人間でも命中させるのが大砲を射つ者の正義というものだ」。しかし実際にわたしたちはこうした会話をかわしたわけではなかった。結局のところ〝海坊主〟も鋳物工も炭坑夫も一個の認識番号にすぎなかった。金属製の認識票は首から下げたことはない。戦争になったら交付されるということであった。

七人の侍

TVで「七人の侍」を見た。これで何回見たことになるだろうか。少なくとも五回以上は見たような気がする。そのつど発見がある。

初めて見たのはこれを原案にアメリカで製作された「荒野の七人」が封切られた年である。それは昭和三十六年のことだから私は「七人の侍」がわが国で最初に公開されたときには見ていない。ただの時代劇と思って高校生であった私は見ない事にしたのだ。貧乏たらしくて惨めで汚くて、というのが当時、邦画に持っていた私の印象であった。現実の生活が貧しいので映画の世界まで貧しいものを見るのは沢山と思っていた。それでも同胞が創造したいくつかの傑作は見ている。「雨月物語」には文句なしに感動した。「無法松の一生」も良かった。阪東妻三郎が演じた方である。しかし「七人の侍」は見なかった。長崎で私はまず「荒野の七人」を見てがっかりした。血なまぐさい西部劇にすぎない。禿頭のヒーローがむやみに気取っているだけの映画である。そのもとになった作品というのだから、どうせ下らないに決っていると思いながら、駅前ビルの地下にある小さな映画館で切符を買った。輸出用にプリントされたフィルムで、画面の下に英文で俳優の台詞が出た。野武士のことを bandit と訳してあったのが印象に残っている。

感心したというだけでは足りない。むしろ茫然自失したといわなければそのときの私を正確に表現したことにはならない。明るくなった劇場の椅子に私は腰を抜かしでもしたように座りこんでいた。映画を見てこれほど強く心をゆさぶられるということは滅多にないことである。「なんとまあ……」というのが感想だった。これでは批評になりはしないが、批評しようとはついぞ思いもしなかった。「なんとまあ見事な……」そういって絶句するよりなかった。すぐれた芸術作品は沈黙を強いる。

三船敏郎の剽悍、志村喬の朴訥、宮口精二の沈着、稲葉義男の剛毅などという印象は二回三回とややゆとりをもって見るうちに言葉にすることが出来た。個々の侍が躍如としている所が「七人の侍」の傑作たるゆえんであろう。黒澤明は日本人の理想像をこれらの侍たちに見出していたのではないだろうか。木村功の初初しさに歳月の経過を感じる。加東大介と左卜全は既に故人となった。稲葉義男はその最良の演技を「七人の侍」で示したような気がする。

それにしても五百年前の日本人は侍も百姓もこの上なく貧しかった。あれが人間の住居、あれが人間の衣服といえるだろうか。現実が極端に貧しいのでそれだけに侍たちの個性が光る。掘立小屋の中で千秋実がボロ布を縫いながら呟く台詞がいい。旗印をこしらえているのである。「こんなときには我らの頭上に何か高くひるがえす物が欲しいのでな」。不覚にも私はこれを聞いた瞬間、泪ぐみそうになった。私は頭上に何を高くひるがえしているだろうか。

単独者の悲哀

いつ読んでも、つげ義春の「ねじ式」は面白い。

ぞっとさせられもするが、快感もある。ふだん私が無意識の深みでおぼろげに予感しているものが線となりかたちとなっているのを見ることができるからなのだろう。

「ねじ式」のあいまいさと支離めつれつさはそのまま私の夢のあいまいさであり支離めつれつさでもある。

「きいて下さい。これには深いわけがあるのです」

と「ねじ式」の主人公である少年は叫ぶ。いや、主人公は少年ではなくて、もしかしたらこの漫画とも絵物語ともつかない作品の奇怪な雰囲気そのものではないだろうか。少年は「ねじ式」における小道具のひとつにすぎないのだ。

それでも少年の切実なつぶやきは私を打つ。「きいて下さい。これには深いわけがあるのです」と彼がいえば、確かに何かのっぴきならないものがあるように思われて、私の心はやわらかくなり、少年の告白を受入れようとする。わけがあるならきこうではないか、と内心の声が少年に語りかける。

そうはいっても少年が何かをしゃべるわけではない。彼は物語（まさしく「ねじ式」は物語だ）の初めから終りまで一貫して呆然としている。小さな目と口を開きっぱなしで、ちょうど私たちが理解しがたい不条理な夢とむかいあったときの表情に似ている。だから読者は少年が訴えようとする「深いわけ」を言葉によって知ることはできないが、工場や鉄道や金太郎アメや軍艦大和を背景に一杯やっている芸者などというマカ不思議なイメージの羅列によって「深いわけ」の何たるかを想像し、納得する。

これらの奇妙キテレツなイメージは私たちが生きている現実の反映にほかならない。「ねじ式」はあいまいでも支離めつれつでもない。ただそれだけならば一篇の稚拙な絵物語がこれほど多くの日本の若者を魂の底からとらえてゆすぶりはしなかった。

どうにかこうにか辻つまをあわせてその日その日をすごしていはするのだが、私たちが対面している現実こそ悪夢そのものである。「ねじ式」にあらわれたイメージは、何事にも辻つまをあわせたがる生活人の目にはおよそわけのわからない絵柄の連続かもしれないが、ひとたび夢の世界に身を沈めてそちら側から見てみると、これほどわかりやすいイメージはあるまい。

つげ義春は「ねじ式」で悪い夢としか思えない現実の断片をリアルに描いたゆえに成功した。「きいて下さい。これには深いわけがあるのです」という少年の声は、夢の底からこだまして来る私自身の声でもあるように思われる。絵物語にこの一句があるからには後でどんなに途方もないイメージが出現しても、とことんつきあう気になる。このせりふには救いがある。

アパートの扉は鉄製だった。壁は厚いコンクリートである。たやすく錠を打ちこわせないものだから襲撃者たちは鉄のドアに正面からいどんだ。バーナーでドアを焼き切って穴をあけた。写真には彼らが侵入したドアにぽっかりと口をあけた楕円形の穴がうつっていた。

あれはどのくらい時間がかかるものだろう。鉄扉に人ひとりもぐりこめるほどの大きさで穴をあけるには。一、二時間では無理だ。三時間以内では焼き切れないはずだ。ためしてみたことはないけれども。

そうすると、襲撃者がドアの外にうずくまってバーナーを振りまわしているとき、室内の住人はおもむろに赤くなるドアをみつめて身じろぎもしなかったわけだ。

結局、部屋のあるじは息絶えたのだから窓から逃げられなかったのは明白だ。窓にもその他の脱出路にも見張り人が手ぐすねひいて待ちかまえていたのだろう。アパートには彼らだけではなく他に居住者もいたと思うのだが、被害者は救けを求めなかったようだ。そうすることは女々しいゆえに潔しとしなかったのかもしれぬ。

深夜、人が寝しずまった時刻に聞えるものはしゅうしゅうというバーナーの音のみ、部屋の明りは消していたろうから徐々に灼熱する鉄扉の赤い色が見えるだけであったろう。気の弱い者ならドアに穴があけられて侵入者がなだれこむ前にどうにかなってしまうだろう。頭がおかしくなるか、気ちがいじみた金切り声をあげるか。

死者は語らず、襲撃者の証言も今のところきくことはできないから、右は一片の新聞記事から私が勝手に想像したものである。

闇のなかにぼんやりと浮びあがった赤い条がじわじわと伸びて楕円を成すまでの時間は部屋の主にも襲撃者にも永遠に近いとはいえないまでも短いものではなかっただろう。襲う者と襲われる者のちがいこそあれ、両者の表情は私には同じであったように思われる。いずれも死を眼前にして昂奮と恐怖で身を慄わせていただろうから。溶解した鉄扉の裂け目が発する桃色がかった焔の色はあるいは私たちの時代に負わされた宿命の色ともとれるし、絶望の色にも見える。

部屋のなかで侵入者は叫んだことだろう。襲われた者もここを先途とののしり返したことだろう。もしそのときも正気であったらみずからが属する団体の正義を主張したかもしれない。相手にきかせるためというよりは、そう叫ぶことで自分の恐怖にうちかとうとしただろう。

しかし、決して両者が口にしなかったせりふがひとつある。

「きいて下さい。これには深いわけがあるのです」

つげ義春の物語に登場する人物はひとり者である。そういえば当り前だ、と人はいうだろう。物語の主人公はまれに二人か三人ということはあるけれどひとりにきまっている。

私がひとりものというのは彼が単独者としてのいわば動物的な悲哀をただよわせているという意味である。私たちは一人でうまれ、一人で死ぬ。これはどうしようもない。つげ義春が描く少年たちはものに怯えたようにまるまるとみはった目をしてこういっているように見える。

昔はひとりで……

いまの妻とは喫茶店で知りあった。

繁華街の十字路に面した洋菓子店の二階にある小さな店である。

短大にはいった年の夏休みを利用してウェイトレスをしていた。はじめてのアルバイトである。バスで半時間ほどかかる隣町に本店があった。住んでいる所が本店のある町であった。そこで採用されて支店のある私の町へやって来たということだ。

暑い日がつづいた。

当時もいまも、私が書きものをするのは昼間である。夏は蒸し風呂と変わりがなくなる自分の部屋では一行も書けなかった。その喫茶店へゆけば冷房がきいているので、朝から原稿用紙などを持って出かけるのが私の習慣だった。

毎日かようあいだにお互いふたことみことずつ口をききあうようになった。

長崎のKという短大の学生であること、アルバイトは二週間かぎりであること、郷里は九州西北のある港町であること、給料を旅行にあてるつもりでいることなど、たったそれだけのことをきき出すのに一週間かかった。アルバイトにしろ正規の従業員にしろ、私は喫茶店で働く女性と話すことはそれまでにあまりなかった。

初対面の折りから気持ちが動いたのかも知れないが、まさか結婚するようになろうとはそのときは思わなかった。私は二十代の終わりだった。アルバイトのウェイトレスとは十歳以上もとしが離れていた。小説を二、三作、発表したきりで、家庭教師のごとき仕事をして収入を得ていた。あれやこれやで人なみに結婚することは考えの外にあった。いい小説を書きたいという願いはあっても、安定した収入を保証するものはどこにもなかった。独身主義を看板にしていたわけではないけれども世間一般によくある平凡な生活は自分には縁がないと、なんとなく信じこんでいたようだ。

喫茶店へ昼間ごぶさたしたときは夜、出かけた。一日に二回、日によっては三回、顔を出すこともあった。おもて向きは原稿書きが口実だったが実際はどうだか怪しいものだ。やたらにコーヒーばかり飲んでだぶつく胃をもてあましていたのが実情である。

午後八時が閉店時刻であったと思う。地方都市では夜が早く、町はすぐに暗くなる。通りに面したガラス壁にウェイトレスの姿が映っていた。私は外を眺めるふりをしてぼんやりと女に見入っていた。アルバイトが翌日で終わることにそのとき気づいた。来年も同じ店にやって来るとは考えられなかった。私は予定している旅行はどこなのかときいた。客はほとんど居なかった。かねを払って喫茶店を出たとき、二度と会うことはないだろうと思った。

もうすぐ夏休みが終わるというころ、その喫茶店で偶然、女と再会した。旅行に行きはしたものの宿題である西洋美術史のリポートが気になってろくに風景も目にはいらなかったといった。ルネッサンス期のなんとかいう画家をとりあげて、原稿用紙に十枚ほど書かなければならないという。

家庭教師として大学生のリポート代作にも私ははげんでいたから、女子学生の宿題なぞお安いご用というものだった。コーヒー一杯と引きかえにそのリポートをでっちあげて渡した。苦心の代作がどんな評価を教師からうけたものか私は聞いていない。

次に顔を合わせたのは年が明けてからである。私の貸した本を返すために洋菓子店の二階で会った。

母親といっしょだった。その年に会ったのはこの一回きりであった。国鉄につとめている父親は隣町から数時間かかる田舎へ転勤することになった。会う機会がないのは当然といえる。

結婚することをまじめに考え始めたのは、その次の年であったような気がする。

収入がふえて、女ひとりを養うあてが出来たというのではない。事実はむしろその反対で、小説はいっこうにものにならなかった。年にせいぜい一、二作というところである。かねについていえば、家庭教師をつづけているかぎり、ひとりでくらすぶんには困らなかった。時間もかねも誰に気がねする必要もなく使うことができた。小説を書けないわけはもしかしたらそんな所にあるのではないかと私は考えた。拘束のない気楽さがかえって私の生活を貧しいものにしているとようやく気づいた。そうかといって女子学生と簡単に結婚できるものではなかった。当たり前だが、先方の両親は反対した。どこの馬の骨ともわからぬ作家志願者にひとり娘をやれはしない。定収入もない男が結婚したがっていると子供から聞いて、親はさぞ愕然としたことだろう。

それまで会って話をしたのは数えるほどしかなかった。月に何度かのわりで会うようになったのは三年目である。結局、両親も娘の気持ちをかえることはできなかった。私が父親に会いに行ったのは四年目だ。当たりさわりのない世間話をしただけで終わった。経済的に将来をあやぶみながらも定年間近の国鉄職員としては小説家の内情がどういうものかさっぱり見当がつかないのだった。娘についても同じことがいえた。当人は作家には出版社が毎月、給料のごときものを支払うと思いこんでいたふしがある。所帯を持ってみてそうでないことを知り、妻はびっくりした。配偶者がそんなふうに考えていたことを知って、私の方もびっくりしたのだから世話はない。

ネコ

腹がへったらしつこく足にまつわりついて餌をせがむし、頭を撫でてもらいたいときは呼びもしないのに私の膝へ這いあがってくる。わが家で飼っている二匹のネコのことである。

三回出産して、そのつど仔ネコをもらってくれる人を探すのに苦労した。世間にはネコぎらいが多いものだ、とそのとき思い知らされた。ネコ好きもいるけれど、好きならとうに飼っている。

用件があって人に会う折、肝腎の話は上の空で、相手がネコを引き取ってくれないだろうかと思案している。気疲れするのはもう真っ平である。仔を産まないように獣医さんに処置してもらった。それでもとうとう一匹だけ手許に残った。親仔まとめて面倒を見ているわけである。すこぶるうっとうしい。もともと飼おうと思って飼ったネコではない。

二年前の夏、どこが気に入ったものか、庭先から侵入していつのまにやら腰をすえてしまった。居心地が良かったのだろう。なついてしまうと追い出すのもかわいそうだと思った飼い主の気持を見抜いたらしく私の家をついのすみかと心得て大きな顔をしている。

白状すれば私はネコ好きである。

今まで飼わなかったのは家主さんに遠慮していたからだ。さいわい許可をいただいて大っぴらに飼うことが出来てほっとした。うっとうしいと思う反面、ネコを目で追いつつ可愛いものだと思っているのだからたわいがない。

ネコはイヌより知能が劣るようだ。その分だけ野性に近いような気がする。芸を仕込むのは初めから諦めている。イヌは主人の顔を覚えるばかりか、主人が今なにを考えているか、怒っているか楽しんでいるかまでを敏感に察する。主人がイヌを可愛がればイヌも忠節をつくすといわれる。渋谷駅前の広場にあるハチ公の銅像は誰でも知っている。その種の心暖まるエピソードは枚挙にいとまがない。

ところが銅像になったネコがいるだろうか。主人の危急を救ったネコの話は聞いたことがない。それでいて愛されることを当然と信じているのがネコである。ネコはか弱い動物で愛情なしでは飼育できない。こちらが懸命に気をつかっても向うは人間なんか眼中にない風情だ。室内をうろうろする私の足がどうかしたはずみにネコとぶつかろうものなら、毛を逆立て、歯を剥き出して怒る。ところで動物心理学によるとイヌは飼い主を自分の保護者と思わずに自己の所有物と見なしているそうである。暴漢に襲われた主人を救うのは何も主人を護るためではなくて、自分のものを人にとられたくない本能のゆえという。そうすればネコにも同じことがいえそうだ。私はネコを飼っているつもりだったのだが、ネコにしてみれば自分たちが私ども夫婦の面倒を見ているつもりなのだ。今三毛は薄目をあけて私を眺めている。人間め、やっとわかったかとでもいいたげだ。

カーテン

映画を見ていた。

アラン・ドロンがベッドに眠っている場面である。真夜中らしい。

次の瞬間、私はびっくりした。女中がはいって来て、カーテンを引いたのだ。まぶしい光が部屋に流れこんだ。戸外はもう日が高かったのである。

カーテンを引けば、外が真昼でも室内は完全な闇にとざされるということは、ふつうの日本家屋ではまず有り得ない。和風の家にどだいカーテンなぞかけはしないということもあるけれども、この頃は洋風の家も増え、窓にカーテンをあしらうのが当然になりはした。しかし、外界の光をまったくさえぎってしまうということはないようだ。

どこかに隙間がある。カーテン地が薄いということもある。戸外が朝であれば朝らしい感じが屋内にいてもわかる。昼なら昼、夕方なら夕方と察せられるものだ。壁の材質がほとんど木材であるという理由も加えていいだろう。ホテルの場合はややおもむきを異にするのだが、私は日本人の大多数がよっている住生活をいっているのである。

通気性と採光を重んじる日本建築では、光であれ何であれ、外にあるものと内にあるものをきびしく峻別するということをしないように思えるのだがどうだろうか。仕切りをつけているようでいてどこかで通じている。内も外の一部であり、外も内の一部である。

「悪魔のようなあなた」というのがその映画のタイトルであった。一度、映画館で見たものを私はＴＶで見ることはめったにしないのだが、この映画だけは見ずにはいられなかった。デュビビエの遺作ということもある。映画自体の出来がいいというせいもある。交通事故で記憶を喪失したアラン・ドロンを利用して完全犯罪をたくらむセンタ・バーガーという女主人公が、なかなかいいというせいもあった。

しかし、二度も同じ映画を見たいちばん大きい理由は、冒頭で私がのべたようなカーテンを引くシーンをもう一度、見てみたかったからである。つまらないことに興味を持つものだと友人が呆れている。その通り、私は映画を見るとき、些末なことばかりを気にしている。それが映画を愉しむ私の見かたである。「悪魔のようなあなた」という映画でもっとも私を感動させたのは右の場面であった。何かがわかったという気がした。

拙宅に訪れた若いアメリカ人にコーヒーをすすめたことがある。それまでにこやかに談笑していた相手が、ちらとコーヒーを見て、ノオ、といった。好きじゃない、といった。

なにがなし私はたじたじとなった。いやにはっきりものをいうものだと内心、面白くなかった。しかしこの場合、若いアメリカ人に、ノオ以外の何がいえただろう。映画のなかでカーテンを引くシーンを見て、私が思い出したのは、異邦人がすすめられたコーヒーを拒否する語気の強さだった。

夕方の匂い

たまに上京して友人宅に泊り食事を供されることがある。魚が古い上にまずい。こんなものを折角の客に出すとは何事だ、と私が文句をいえば、主人でさえもめったに食べないのを遠来の客と思うからこそご馳走しているのだという。値段をきいて驚いた。生まれが長崎で諫早にすみついて三十数年、魚介の味に慣れてしまっている。肉には飽いても魚には飽かない。諫早出身である友人の話によると、東京の古びた魚が初めはなかなか食べられなかったが、この頃はすっかり慣れ、たまに帰省して長崎あたりで新鮮な魚を食べると、生臭いような血の味がして一瞬胸がむかつくといった。習慣はおそろしい。

私が魚介を好きになったのは幼時の暮しゆえではないかと思う。七歳まで私は長崎の岩川町に住んでいた。戦時中は魚、それもイワシばかり食べていたような気がする。どういうわけかイワシに不自由したことはなかった。一説によると軍需物資の輸送が最優先であったから、いたみ易い魚類は地元で消費されたのだという。

イワシが豊漁だったのではあるまい。タイもハマチもとれたはずなのだが祝祭日はともかくふだんはイワシが食膳にのぼった。開いてかげ干しにしたり、丸ごと塩をふって壜づめにしたり、食べ方はいろいろあったようだ。夕方になると七輪に石炭がらで火をおこして金網を置き、イワシを焼く。向う三軒両隣がそれをやる。イワシの脂が火にしたたって地獄の劫火のような焔をあげる。軒下から立ちのぼる煙は天に沖するほどであった。それが私における戦時中の夕餉の記憶である。外で遊び疲れて帰るとき、家並に石炭がらのくすぶる匂いとイワシの焦げる匂いが漂うのを嗅ぐのは何ともいえなかった。自分には帰る所があり、明るい灯火とその下には夕食が待っていると考えて子供心にずいぶんほっとしたものだ。

戦後、食料が払底したときもせっせとイワシを食べていたからこの魚と私の縁は深い。幼時の味覚はその人を一生支配するといわれている。それでいてイワシを当時まずいとも旨いとも思わなかったのが奇妙だ。夕暮れともなればイワシを料理する匂いが通りに漂うのはかなり長く続いたと思う。イワシに限らず昔はこの時刻にものを煮たきする匂いが各戸から流れ出した。子供たちはその匂いを嗅ぎつけて呼ばれもせずにわが家に戻った。ラジオの音響、母親が子供を叱る声、赤ん坊の泣き声、膳を出して皿小鉢を並べる気配、それが日本の夕方であった。

私が子供であった頃、夕食がカレーライスであるということは事件にひとしかった。遊びをやめて帰った仲間が表にとび出して来て、うちは今夜カレーライスだぞ、と大声で叫んだことがあった。よほど嬉しかったらしい。インスタントカレーなどというものはまだありはしなかった。イワシよりもカレーの匂いが夕方はいい。その頃から日本は徐々に復興しつつあった。いったん引っこんだその子はまた鉄砲弾のような勢いで駆け出して来て意気揚々と宣言した。「肉が入ってるカレーだぞう」

木の鉢

黒い水に白いものが拡がる。

夜、家々は寝しずまっている。

私は兄の傍にたたずんで川をのぞきこむ。兄が手にしているのは木の鉢のようなものだ。兄は岸辺の石垣から身を乗り出すようにして、鉢の中身をこぼしている。わずかな星明りで川面がぼんやりとうかがわれる。

川の両岸は工場である。

昼間は地鳴りのような機械の音をとどろかせていた製鋼所や兵器工場も、夜ふけにはひっそりと物音が絶える。耳に聞えるのは白い液体が水に落ちるかすかな気配だけだ。

記憶というものは何歳から始まるのだろうか。おおよそ四歳、早ければ三歳ごろからというのが通説らしい。そのとき、私は四歳になって半年あまり経っていたと思う。最初の記憶である。昭和十六年のことだ。兄が川に捨てているのは母の乳であった。私の弟が生後まもなく死んだために乳房が張り、夜ふけこっそりと川へ流しに行く役目をいいつけられたのだった。

母が乳をしぼっている情景、家を二人して出るときの様子、浦上川へたどりつくまでの道筋、帰宅する折りの模様などはすっかり忘れている。暗い川のほとりで、生暖かいとろりとした液体をこぼしている場面だけを憶えている。黒い水に白い乳がそそがれ、まるいものがしだいに大きくなる。私は闇の中で目を凝らす。

最初の記憶と不用意に書いてしまった。

元気な時分の弟が母に抱かれているのを憶えているから、最初の記憶とはいえない。さかのぼってみれば弟が生まれる以前の記憶も断片的に残っている。しかし、ある情感をともなって甦える記憶はこれが初めである。

ところで、いくつか不審なことがある。兄にたずねてみると、乳はビール壜に入れて捨てに行ったという。木の鉢などというしろものは家にありはしなかった。場所は浦上川ではなくて、家のすぐ近くを流れている小川であったという。まだある。私は深夜と憶えているのに兄によれば夕食後まもなくという。私を連れていったこともないそうだ。その必要がないではないか、と兄はいう。いわれてみれば乳を捨てに行くのに私を連れて行く必要はない。

とはいうものの私にしてみればその記憶はあまりに鮮明なので、兄の話を聞いて勝手にこしらえた情景とは思えない。なみなみと乳をたたえた鉢をささげ持つようにして川辺に至り、ゆっくりとそれを傾けて中身をあけていた兄の姿が眼底にくっきりとしるされている。工場の屋根で切りとられた夜空の青黒い色も憶えている。かんじんなのは川に拡がる白い円板だ。あれを四歳の少年がでっちあげられるものだろうか。

情感は弟の死とも結びついている。むだに捨てられる食物という感じもあったようだ。弟を悼む気持ともったいなさとがつながっていると私は推測する。「もし一緒に川っぷちへ来ていたのなら」と兄はいう。工場がひっそりとしていたと思うはずがない、というのである。昭和十六年といえば戦争が始まった年で、三菱のその兵器工場は深夜も操業していた。十二月八日、真珠湾のアメリカ戦艦群へ放たれた魚雷はそこで製造されていたのだった。私の記憶からは工場の噪音は脱落している。もっともわが家は兵器工場の近くだったから音には馴れっこになっていたとも考えられる。

ビール壜と木の鉢のちがい、これが今もってわからない。母が椀に乳をしぼるのを私が見ていて、ビール壜の方を記憶の絵から消してしまったのだろうか。弟が死んだときの模様を私は忘れている。木の鉢はなんらかの意味で死の床にあった弟と関係があるような気がする。小さい擂鉢に似た木の鉢を弟の葬儀の代りに記憶に留めていることになる。

深夜と宵のちがいは説明できる。

あの頃は夜が深かった。家々の燈火も今のように多くなかった。夕食が終ればさっさと寝てしまうのがきまりだった。しかし、乳をたたえた木の鉢、これがわからない。当分の課題である。

田舎司祭の日記

昭和三十年代の初めごろ、田舎町にテレヴィはゆきわたっていなかった。ある日、新聞を開くとテレヴィ番組欄に「フランス映画祭」とかいう文字が並んでいた。ロベール・ブレッソンの「田舎司祭の日記」がその晩、放映されるという。どういうわけでこれを見に出かける気になったものかわからない。新潮文庫版「田舎司祭の日記」はまだ手に入れておらず、ベルナノスがフランスのカトリック作家であるという知識すら持ちあわせていなかった。

ブレッソンについては多少、知らないでもなかった。それまで読みあさった映画の本で、批評家たちが畏敬をこめて言及していたのが記憶にあった。けっきょく私は本に飢え映画に飢えていたのだと思う。行きつけの喫茶店が諫早駅の前にあり、そこにはテレヴィが置いてあった。「田舎司祭の日記」は期待にたがわぬというより期待以上の傑作で、私は夜おそくわが家へ帰りながら、気持が昂揚するのを抑えることができなかった。きわめて台詞の少ない映画で、カメラは登場人物の表情をクローズアップでとらえ、交錯した視線によって劇的な効果を出していたようだ。主人公である司祭はストイックな沈黙をまもっているが、物語の終末においてあけがた、モーターバイクに同乗し、ロマンティックともいえる独白をする。黒白の画面が、いいフランス映画には必ず見られる落ちついた陰翳をおびて、私の目をなぐさめた。

C・マッカラーズの「心は淋しき狩人」といい、ベルナノスのこの小説といい、私をとらえたのはいずれも主人公が田舎にいるというのは偶然ではあるまい。数年後に私は、ジュリアン・グリーンの「閉ざされた庭」を耽読することになる。ベルナノスを読まなかったらグリーンに手をつけはしなかったろう。「閉ざされた庭」も、背景はパリではなかった。これは角川文庫の一冊であった。

どうやら私はブレッソンの映画を見てから新潮文庫の原作を手に入れたようだ。しかし、カトリックの教義をろくにわきまえもしないで、ベルナノスを理解するのは不可能である。読みはしたものの、私が田舎司祭の苦悩と歓喜を、どの程度わかったかあやしいものだ。ブレッソンは原作の細部を大胆に省略し、そのかわり司祭の内面を映画的手法でほぼ完全に表現していたように思われた。これこそ理想的な映画化といえるものであって、映画はあるシーンは原作以上のリアリティーを持っていた。

私はブレッソンの作品以外に一連のフランス映画をその喫茶店に通いつめて見たはずなのだが、他の映画は覚えていない。たいした作品はなかったのだろう。あるいはブレッソンの作品があまりに強い印象を残して、他の作品を記憶から追い出したのかもしれない。

テレヴィの映画が終るのは夜の十一時ごろで、外へ出ると町は寝しずまっていた。駅前広場はがらんとして、常夜灯が淡い光を投げているだけだ。広場は駅からゆるい下り勾配をおびてまるく広がっている。中央には円形の花壇があった。私は花壇のふちに腰をおろして、広場の上の空間を見上げた。家へ帰っても、することは何もなかった。しなければならないことがいくらでもあるようだった。友人たちはそれぞれ東大や早大などに合格しており、自分の勉強にいそしんでいた。文通はしだいに間遠になった。彼らが休暇で帰省したとき、会ってとりかわす話はすぐに尽きた。

目の前にはあかあかと電灯をともした駅の細長い建物があり、その向うから列車を入れ換える物音が聞えてきた。かつては覚えたにちがいない旅情を、花壇のふちに腰かけた私は感じなかった。何かをしなければと気ばかり焦りながら、何をすればいいのかわからないのだった。

解説

岡崎武志

一番大事なことから書く。それは、野呂邦暢が小説の名手であるとともに、随筆の名手でもあったということだ。小説を書くときほどの息苦しい緊張はなかったろうが、ちょっとした身辺雑記を書く場合でも、ことばを選ぶ厳しさと端正なたたずまいを感じさせる文体に揺るぎはなかった。ある意味では、寛いでいたからこそ、生来の作家としての資質がはっきり出たとも言えるのである。

四十二年の生涯で、生前に遺した随筆集は『王国そして地図』(昭和五二年、集英社)『古い革張椅子』(昭和五四年、集英社)の二冊。『小さな町にて』(昭和五七年、文藝春秋)は没後の刊行である。「戦争文学試論」と副題のついた『失われた兵士たち』(昭和五二年、芙蓉書房)は、評論の範疇に入れるべきで、随筆の名手としてはもったいない少なさだ。

そのことをファンはよく知っていて、野呂の随筆集はいずれも古書価が高い。「野呂邦暢高く買います」と掲げている某ネット古書店のサイトを覗くと、『十一月/水晶』を始め、入手困難な小説作品がいずれも二千円以内であるのに対し、随筆集の方はその倍から四倍ぐらいの高値がついている。

野呂の随筆集が文庫に収録されていない、という事情もあるが、なにより野呂ファンは彼の随筆を読みたがっているのだ。

そんな折りに、みすず書房「大人の本棚」より、随筆選が出ることになって、私も選者の立場を越えて大変うれしい。これも古書界で人気の高かった『愛についてのデッサン』に続く、「大人の本棚」入りを、何よりも泉下の著者が一番喜んでいるだろう。ラインナップを見ればわかるが、このシリーズには本物の読書家だった野呂が好きそうな作品ばかりが並んでいる。そこに、自分の名が二つも加わるなんて、本書の刊行は故人への最良の手向けとなるだろう。奇しくも今年は、昭和五五年五月七日にこの世を去った野呂の三十回忌。代表作『諫早菖蒲日記』も梓書院から復刊されるという。これを機会に、今年、野呂邦暢の名前があちこちでささやかれることを期待したい。

私が野呂邦暢と出会ったのは二十代の初め。最初に買ったのは角川文庫の短編集『壁の絵』（昭和五二年）とはっきりしている。処女作「壁の絵」のほか、「水晶」「十一月」「白桃」などを収めたこの文庫で、野呂の世界に惹き付けられた。マッチの火を近づけるだけで発火しそうな純度の高い文章。孤独が作り出す濃い影と、短編のタイトルにある「水晶」のような透明で美しい世界は、そのころ、私の文学的アイドルだった梶井基次郎と近い資質を感じていた。

以後、この梶井基次郎の弟分は洋服のポケットにいつも隠し持つような大事な作家となり、文庫や単行本を少しずつ買い集めて行ったのだ。山本善行との共著『新・文學入門』（平成一九年、工作舎）において、架空の文学全集を作る対談をしたとき、全六十巻のなかに「野呂邦暢が入れられないようなら、この全集をつくる意味がない」と言い放ったほどだ。

それにしても若すぎる死だった。享年四十二は、私の父も同じ年齢で早逝しているから、その無念は突き刺さるようにわかる。あまりに早い死は、残された近親者にも消せない悔恨を残す。いまや日本人男性の平均寿命が八十歳に近い時代。人生を白い一枚の紙に譬えたら、二つ折りにして、その折り目でひきちぎったような野呂の死から三十年。人々は何しろ忘れることに忙しく、地味な芥川賞作家の存在は、遥か彼方だ。そのことは、もっとも手軽に文学と触れることのできる文庫本市場を見れば明らかで、平成二二年三月現在、芥川賞受賞作を収録する『草のつるぎ』（文春文庫）も品切中、平成一四年に出た講談社文芸文庫の『草のつるぎ・一滴の夏　野呂邦暢作品集』は早々と姿を消した。これが野呂邦暢の現状だ。

それでは、この三十年、野呂文学をいまに伝える努力を怠っていたのか。そんなことはない。平成七年には文藝春秋から一冊本としては大冊（二段組・五六六ページ）の『野呂邦暢作品集』が出ている。主要な中短編に随筆選を加え、野呂文学の何たるかを把握するのに充分な編集がされていた。「天性の作家が遺した文学の贈り物」と帯の背に刷られた言葉は、担当編集者の豊田健次さんの作だろうか。

豊田さんは「文學界」編集者として、野呂を発見し、以後、伴走者として作家・野呂邦暢を励まし育てた名編集者だ。「処女作・デビュー作・ヒット作・代表作・話題作」すべてに接したと書かれる著作『それぞれの芥川賞　直木賞』（文春新書）は、その半分を、野呂の回想に費やしている。

また、野呂の命日に発行日を合わせた作品集は、陰に野呂邦暢顕彰委員会の後押しもあって作られた。諫早市で活動するこの委員会は、地元が生んだ作家の文芸活動を忘れさせないため、平成一六年八月から季刊で「諫早通信」を発行し続けている。諫早高校で野呂の先輩だった編集長の西村房子さんとは、手紙のやりとりや電話で何度か言葉を交わさせていただいたが、野呂邦暢への思いの深さにただ頭が下がるばかりである。私の元にも送られてくる「諫早通信」は、年四度、夜空に打ちあがる花火のようだ。この野呂邦暢随筆選『夕暮の緑の光』は、たまたま私が選者を引き受けることになったが、みすず書房の編集者たちを含め、これらの「野呂を忘れさせるわけにはいかない」と念じ続けた人たちの、強い思いの結実だと思っている。

私が本書を編むにあたって、立てた方針はシンプルなもので、自分が読者ならどうしても読みたいと思うものだけを集めた。優先して入れたかったのが古本および古本屋に関する文章。じっさい、純文学系の作家で、ここまで熱心に繰り返し、古本および古本屋のことを文章に書き残した人は、野呂以外にちょっと思い当たらない。全体のバランスを考えて、これでもずいぶん省いたのだが、それだけで一冊分ぐらいあるのではないか。

地方へ旅行する際も、『全国古書店地図』は必携品で、「洗面具を忘れてもこの本を忘れることはあまりない」なんて個所を読むと、私とまったく一緒なので思わずニンマリ。「かりに忘れても、そこは長年つちかった独特のカン」で店を探し出す点も、同好の士ならウンウンとうなずくところだ。

古本屋探訪記では、買った本や店の特徴以外に、店主の風貌や人となりまでスケッチしている。地元・諫早なら、今はなき「紀元書房」。店主・上村肇は詩人で、同人誌も主宰していた。地方の古本屋はその土地の文化サロン的役割を果たし、店主が俳人、歌人、詩人であるケースがけっこうある。野呂はここで、昭和二二年刊の小野十三郎詩集『抒情詩集』を五十円で買っている。古書通なら、おっ！ と目を引くところだ。『抒情詩集』は現在なら八〇〇〇円から一万円はする。現在の物価が当時の十倍としても五百円ぐらい。古書価は時代によって大きく変貌するが、それでも安い。野呂はなかなかの腕前だ。

それから、とくに野呂と古本屋の結びつきを強く感じさせるのが東京・大森の山王書房。「S書房主人」と「山王書房店主」は同一人物だ。「山王書房」は昭和二八年から五二年まで、馬込文士村圏内である中央一丁目にあった古本屋で、店の扁額を揮毫した尾崎士郎始め、三島由紀夫から沢木耕太郎まで多くの作家が立ち寄った伝説の店だ。

「恐らく、彼は本を売る者の痛みのようなものがわかる古本屋だったのだ」（『バーボン・ストリート』）と沢木耕太郎が見抜いた店主が関口良雄。『ブールデル彫刻写真集』を巡る野呂と店主とのやりとりは、一編の小説のようだ。一冊の本を媒介とした、売る側と買う側の「痛み」と「喜び」の共有がそこにはある。関口が遺した自著『昔日の客』というタイトルは、芥川賞受賞後に野呂がこの店を再訪した折りのエピソードに由来する。店主へ『草のつるぎ』を署名の上、手渡した時、その脇に書き付けた言葉が「昔日の客より」だったのだ。紙の本はなくなる、とヒステリックに叫ばれる時世で、私はこの挿話一つを抱きしめたくなる。

「ボルヘス『不死の人』」のなかで、野呂はこう書いている。「小説家はだれしも文学的青春というものを経験している。大学で同人誌を刊行し、安酒場のすみで気の合った者同士文学論をたたかわすという世界から私は遠かった。同人誌に加わったことは一度もない」。昭和三一年の春に京都、秋には東京と、二つの都で一時期滞在しては帰郷し、三二年には佐世保陸上自衛隊に入隊。同年八月には北海道へ配属され、翌年六月に除隊してまた諫早に戻る。

大学へは行かず、自衛隊出身という特異な経歴をぶらさげて、諫早という小さな町で、アルバイトをしながら図書館通いをした。たった一人で、二十代の文学的感性を育てあげていったのだった。いかにも孤独であったろうが、町を流れる川と河口と干潟と湾を持つ古い町に生きたことが、作家野呂邦暢の目を強靭なものにした。

それが諫早の町を描いた随筆群に如実に表れている。「筑紫よ、かく呼ばへば」のなかで、諫早という町をこう説明している。

「諫早は三つの半島のつけ根にあたり、三つの海に接している。それぞれ性格を異にする三つの海に囲まれた小さな地峡部の城下町である」。野呂はこの町を深く愛し、随筆にも繰り返し書いたし、小説の中にも取り込んだ。名作『諫早菖蒲日記』は、取材と資料とだけでは、ぜったいに書けない。土地の精霊に祝福されたとしか言いようのない作品だ。

同じ随筆で、またこうも書く。

「いつも町には三つの海から、微かな潮の匂いを含んだ風が流れこんで来る。外洋の水に洗われる千々石湾の風、その底質土に泥を含まない清浄な大村湾の風、干潟をわたって吹く有明海の風」。

ファックスもメールもない。今ほど編集者と原稿のやり取りが楽ではない時代に、野呂はあえて諫早に住み続け、そこで作品を書き続けた。第三章に収めた随筆群を読めばわかるが、諫早の水、光、風、土が孤独な詩人の創作には必要だった。狂躁とも言うべき騒然とした七〇年代東京にもし野呂がいたら、ジャーナリズムの要請により雑多な仕事を引き受け、酒場でのつきあいに消耗し、ビルとビルの間にできる影に震えただろう。

「鳥・干潟・河口」では、東京で仕事をする便利さを認めながら、「小説という厄介なしろものはその土地に数年間、根をおろして、土地の精霊のごときものと合体し、その加護によって産みだされるものと私は考えている」と、中央から距離を置く心がまえを説いている。

野呂のよき理解者である、評論家の高橋英夫は彼の文章における「外界の諸々の事象を映し出す叙情的レンズの輝かしさ」（『一滴の夏』集英社文庫解説）を賞賛した。また、江藤淳は、小説「海辺の広い庭」を取り上げた文芸時評で、「近頃このように地形と街の雰囲気をしっかりとらえている小説がめずらしくなった」と、野呂の風景の描き方に着目している。

たしかに、野呂の強い「視力」は、諫早の土地が作り上げたものだ。「小説というものも、畢竟、土に根ざし土にはぐくまれるものである。わたしは両足でつねに土を踏まえていたい」（「土との感応」）は、作家の資質と風土の幸福な結合を示す、いかにも幸福な宣言だ。

読者はこれら野呂邦暢の文学的エッセンスを吸収したあと、すぐさま数々の小説作品も賞味、再読していただきたい。この諫早の作家が、いかに頑固に自分の足下を見定め、孤塁を守りながら自分の世界を豊かに築き上げていったかがわかるはずだ。

グラナダの水　「中央公論」1976年10月（『王国そして地図』）
土との感応　「西日本新聞」1974年1月20日（『王国そして地図』）
「筑紫よ、かく呼ばへば」「東京新聞」1974年2月4日（『王国そして地図』）
シルクスクリーン　「週刊読書人」1979年8月20日（『小さな町にて』）
諫早市立図書館　「西日本新聞（夕刊）」1976年5月30日（『古い革張椅子』）
友達　「西日本新聞（夕刊）」1976年5月19日（『古い革張椅子』）
奇蹟　「週刊読書人」1978年10月30日（『小さな町にて』）

夕暮の緑の光　「文學界」1967年3月（『王国そして地図』）
小説の題　「毎日新聞」1974年1月18日（『王国そして地図』）
「草のつるぎ」「長崎新聞（夕刊）」1974年1月18日（『王国そして地図』）
「海辺の広い庭」　「長崎新聞」1973年1月19日（『王国そして地図』）
「鳥たちの河口」　「長崎新聞」1973年7月18日（『王国そして地図』）
「諫早菖蒲日記」　「長崎新聞」1976年9月28日（『王国そして地図』）
名前　「西日本新聞」1976年6月18日（『王国そして地図』）
フィクションによるフィクションの批評
「日本読書新聞」1974年6月10日（『王国そして地図』）
クロッキーブック　「早稲田文学」1974年7月（『王国そして地図』）
「ふたりの女」をめぐって　「青春と読書」1977年12月（『古い革張椅子』）

最後の光芒　「西日本新聞」他二紙　1975年8月（『王国そして地図』）
G三五一六四三　「いんなあとりっぷ」1974年8月（『王国そして地図』）
七人の侍　「西日本新聞（夕刊）」1976年6月28日（『王国そして地図』）
単独者の悲哀　「面白半分」1976年1月（『王国そして地図』）
昔はひとりで……　「PHP」1976年6月（『王国そして地図』）
ネコ　「諫早通信第7号」2006年2月＊生前未発表
カーテン　「西日本新聞（夕刊）」1976年5月11日（『古い革張椅子』）
夕方の匂い　「西日本新聞（夕刊）」1976年6月11日（『古い革張椅子』）
木の鉢　「すばる」1978年2月（『古い革張椅子』）
田舎司祭の日記　「週刊読書人」1979年7月9日（『小さな町にて』）

＊（　）内は底本。

初出一覧

東京から来た少女　「小説ジュニア」1976年11月号＊単行本未収録
装幀　「新刊ニュース」1979年6月＊単行本未収録
「漁船の絵」　「青春と読書」1975年12月（『古い革張椅子』）
H書店のこと　「週刊読書人」1978年5月29日（『小さな町にて』）
馬の絵　「週刊読書人」1978年6月19日（『小さな町にて』）
小林秀雄集　「週刊読書人」1978年7月3日（『小さな町にて』）
フイリップ　「週刊読書人」1978年7月10日（『小さな町にて』）
花曜日　「週刊読書人」1978年9月4日（『小さな町にて』）
日記　「西日本新聞（夕刊）」1976年5月17、18、19日＊単行本未収録
菜の花忌　「西日本新聞」1975年4月3日（『王国そして地図』）
伊東静雄の諫早　「文芸展望第20号」1978年冬号（『小さな町にて』）

古書店主　「西日本新聞（夕刊）」1976年5月12日（『古い革張椅子』）
S書房主人　「西日本新聞（夕刊）」1976年5月13日（『古い革張椅子』）
貸借　「新刊ニュース」1979年10月＊単行本未収録
引っ越し　「いさり火」1975年11月（『王国そして地図』）
京都　「週刊読書人」1979年1月22日（『小さな町にて』）
ブリューゲル　「週刊読書人」1979年2月5日（『小さな町にて』）
衝立の向う側　「週刊読書人」1979年2月19日（『小さな町にて』）
アドルフ　「週刊読書人」1979年3月5日（『小さな町にて』）
LIRIKA POEMARO　「週刊読書人」1979年3月19日（『小さな町にて』）
澄んだ日　「週刊読書人」1979年3月26日（『小さな町にて』）
山王書房店主　「週刊読書人」1979年5月7日（『小さな町にて』）
ボルヘス「不死の人」　「週刊読書人」1979年6月4日（『小さな町にて』）
The Family of Man　「週刊読書人」1979年10月1日（『小さな町にて』）
ODE MARITIME　「週刊読書人」1979年10月8日（『小さな町にて』）

一枚の写真から　「読売新聞」1973年7月14日（『王国そして地図』）
鳥・干潟・河口　「サンケイ新聞」1973年11月5日（『王国そして地図』）
ある夏の日　「朝日新聞」1974年8月7日（『王国そして地図』）
モクセイ地図　「読売新聞」1975年11月18日（『王国そして地図』）
川沿いの町で　「西日本新聞」1975年1月5日（『王国そして地図』）

本書は、『王国そして地図』（一九七七年、集英社）、『古い革張椅子』（一九七九年、集英社）、『小さな町にて』（一九八二年、文藝春秋）を底本とし、単行本未収録作品等を加えて新たに編集、書き下ろしの解説を付して、シリーズ「大人の本棚」の一冊として刊行するものです。

刊行にあたり、次の各氏より資料提供のご協力をいただきました。西村房子、浅尾節子、西口公章（敬称略）（二〇一〇年五月）

本書は、二〇一〇年五月にシリーズ「大人の本棚」として小社より刊行した『夕暮の緑の光』を、単行本（新装版）として刊行するものです。（二〇二〇年四月）

著者略歴

（のろ・くにのぶ）

1937年9月20日長崎市生まれ．1945年，8歳で諫早市に疎開，同地で長崎への原爆投下を目の当たりにする．1956年，長崎県立諫早高校卒業．同年秋に上京しアルバイト生活を送る．1957年春に帰郷，同年6月，陸上自衛隊に入隊．翌年，北海道で除隊．諫早で家庭教師をしながら小説執筆をはじめる．1965年「或る男の故郷」で文學界新人賞佳作．1967年，「壁の絵」芥川賞候補．以降，「白桃」「海辺の広い庭」「鳥たちの河口」が同賞候補となる．1973年，第一創作集『十一月　水晶』（冬樹社）刊行．1974年，「草のつるぎ」で第70回芥川賞受賞．1976年，「諫早菖蒲日記」発表．諫早の地に根をおろした創作活動を続けた．小説にとどまらず，多数の随筆，評論を執筆のほか，無名兵士の戦記蒐集，『季刊邪馬台国』（梓書院）編集長など活動の場は多岐にわたった．1980年5月7日没．小説の著作に『海辺の広い庭』『鳥たちの河口』『草のつるぎ』『一滴の夏』『諫早菖蒲日記』『落城記』『丘の火』（文藝春秋）『ふたりの女』『猟銃』（集英社）他多数．その他の著作に随筆集『王国そして地図』『古い革張椅子』（集英社）『小さな町にて』（文藝春秋），評論『失われた兵士たち――戦争文学試論』（芙蓉書房）などがある．没後15年にさいして『野呂邦暢作品集』（文藝春秋）刊行．2013年から2018年にかけて，『野呂邦暢小説集成（全9巻）』（文遊社）が刊行．2014年『兵士の報酬　随筆コレクション1』『小さな町にて　随筆コレクション2』（全2巻，みすず書房）．みすず書房〈大人の本棚〉シリーズに『白桃　野呂邦暢短篇選』（豊田健次編）がある．

編者略歴

（おかざき・たけし）

1957年大阪生まれ．立命館大学卒．ライター．書評家．主な著作に『読書の腕前』（光文社知恵の森文庫）『女子の古本屋』『上京する文學』（ちくま文庫）『ここが私の東京』（扶桑社）『古本道入門』（中公文庫）『人生散歩術』（芸術新聞社）『これからはソファーに寝ころんで』『明日咲く言葉の種をまこう』（春陽堂書店）他多数．共編書に『野呂邦暢 古本屋写真集』（盛林堂書房）．

野呂邦暢

夕暮の緑の光

野呂邦暢随筆選

岡崎武志編

2010年 5月 7日　初　版第1刷発行
2020年 4月 1日　新装版第1刷発行
2022年 3月25日　新装版第2刷発行

発行所 株式会社 みすず書房
〒113-0033 東京都文京区本郷2丁目20-7
電話 03-3814-0131(営業) 03-3815-9181(編集)
www.msz.co.jp

本文組版 キャップス
本文印刷所 平文社
扉・表紙・カバー印刷所 リヒトプランニング
製本所 誠製本

ISBN 978-4-622-08904-9
［ゆうぐれのみどりのひかり］